新・浪人若さま
新見左近【八】

鬼のお犬様

佐々木裕一

JN053029

双葉文庫

目次

主な登場人物

新見左近《にいみさこん》——浪人新見左近を名乗り市中に出るが、その正体は甲府《こうふ》藩主徳川綱豊《とくがわつなとよ》。たびたび市中に繰り出しては、秘剣 葵一刀流《あおいいっとうりゅう》でさまざまな悪を成敗しつつ、自由な日々を送っていた。五代将軍綱吉《つなよし》たっての願いで仮の世継ぎとして西ノ丸《にしのまる》に入ってからは平穏な日々を過ごしていたが、京にいるはずのお琴《こと》の身に危難が訪れたことを知り、ふたたび市中へくだる。長き戦いの末、闇将軍を討ち果たす。

お峰《みね》——実家の旗本三島《みしま》家が絶《た》えたため、母方の伯父《おじ》である岩城雪斎《いわきせっさい》の養女となっていた、左近の亡き許嫁《いいなずけ》。妹のお琴の行く末を左近に託す。

お琴《こと》——お峰の妹で、左近の想い人。小間物問屋、中屋《なかや》の京の出店をまかされ江戸を離れていたが、店を焼かれたため江戸に逃れ身を潜《ひそ》めていた。貴船屋《きぶねや》の事件解決後、左近と無事再会を果たし、三島《みしま》町《ちょう》で小間物屋の三島屋《みしまや》を再開している。

権八《ごんぱち》——およねの亭主で、腕のいい大工。女房のおよねともども、お琴について京に行っていた。江戸に戻ってからは大工の棟梁《とうりょう》となり、三島屋裏の鉄瓶長屋《てつびんながや》で暮らしている。

およね——権八の女房で三島屋で働いている。よき理解者として、お琴を支えている。

吉田小五郎《よしだこごろう》——甲州《こうしゅう》忍者を束《たば》ねる頭目《とうもく》で、左近の護衛役。幼《おさな》い頃から左近に仕《つか》え、全幅《ぜんぷく》の信頼を寄せられている。三島町で再開した三島屋の隣で煮売り屋をふたたびはじめ、配下のかえでと共にお琴の身を警固《けいご》する。

かえで——小五郎配下の甲州忍者。小五郎と共に左近を助け、煮売り屋では小五郎の女房だと称している。

岩城泰徳《いわきやすのり》——お峰とお琴の義理の兄で、本《ほん》所石原町《じょいしわらちょう》にある甲斐無限流《かいむげんりゅう》岩城道場の当主。父雪斎が左近の養父新見正信《にいみまさのぶ》と剣友で、左近とは幼い頃からの親友。妻のお滝《たき》には頭が上がらぬ恐妻家だが、念願の子を授かり、雪松《ゆきまつ》と名づけた。

間部詮房《まなべあきふさ》——左近の養父で甲府藩家老の新見正信が、左近の右腕とするべく見出《みいだ》した俊英《しゅんえい》。左近が絶大な信頼を寄せる、側近中の側近。

雨宮真之丞《あめみやしんのじょう》——お家再興を願い、左近の命を狙うも失敗。境遇を哀《あわ》れんだ左近により甲府藩に召し抱えられ、以降は左近に忠実な家臣となる。

岩倉具家《いわくらともいえ》——京の公家の養子となるも、密《ひそ》かに徳川家光《いえみつ》の血を引いており、将軍になる野望を持っていたが、左近の人物を見込み交誼《こうぎ》を結ぶ。鬼法眼《きほうがん》流《りゅう》の遣《つか》い手《て》で、京でお琴たちを守っていたが、修行の旅を経《へ》て江戸に戻ってきた。市田実清《いちださねきよ》の娘光代《みつよ》を娶《めと》る。

西川東洋《にしかわとうよう》——上野北大門町《うえのきただいもんちょう》に診療所を開く、甲府藩の奥医師。一時、診療所を弟子の木田正才《きだしょうさい》と女中のおたえにまかせ、七軒町《しちけんちょう》に越していたが、ふたたび北大門町に戻り、三人で暮らしている。

篠田山城守政頼《しのだやましろのかみまさより》——左近が西ノ丸に入る際に、綱吉が監視役として送り込んだ附家老《つけがろう》。通称は又兵衛《またべえ》。元は直参《じきさん》旗本で、左近のもとに来るまでは、五年にわたって大目付《おおめつけ》の任に就《つ》いていた。

三宅兵伍《みやけひょうご》——左近が西ノ丸に入ってから又兵衛によってつけられた、近侍四人衆の一人。左近と同年配の、真面目で謹直《きんちょく》な男。

早乙女一蔵《さおとめいちぞう》——左近の近侍四人衆の一人。穏やかな気性だが、念流《ねんりゅう》の優《すぐ》れた技を遣う。

砂川穂積《すながわほづみ》——左近の近侍四人衆の一人。四人の中では最年少だが、気が利く人物で、密偵としての才に恵まれ、深明流《しんめいりゅう》小太刀術《こだちじゅつ》の達人でもある。

望月夢路《もちづきゆめじ》——左近の近侍四人衆の一人。地獄耳の持ち主。左近を敬《うやま》い、忠誠を誓っている。

新井白石《あらいはくせき》——左近を名君に仕立て上げるべく、又兵衛が招聘《しょうへい》を強くすすめた儒学者《じゅがくしゃ》。本所で私塾を開いており、左近も西ノ丸から通っている。

徳川綱吉《とくがわつなよし》——徳川幕府第五代将軍。四代将軍家綱《いえつな》の弟で、甥《おい》の綱豊（左近）との後継争いの末、将軍の座に収まる。だが、自身も世継ぎに恵まれず、その座をめぐり、娘の鶴姫《つるひめ》に暗殺の魔の手が伸びることを恐れ、綱豊に、世間を欺《あざむ》く仮の世継ぎとして、西ノ丸に入ることを命じた。

柳沢保明《やなぎさわやすあき》——綱吉の側近。大変な切れ者で、綱吉の覚えめでたく、老中格に任ぜられ、権勢を誇《ほこ》っている。

徳《とく》川《がわ》家《いえ》宣《のぶ》

江戸幕府第六代将軍
寛文《かんぶん》二年（一六六二）〜正徳《しょうとく》二年（一七一二）

寛文二年（一六六二）四月、四代将軍徳川家綱《いえつな》の弟で、甲府《こうふ》藩主徳川綱重《つなしげ》の子として生まれる。綱重が正室を娶《めと》る前の誕生であったため、家臣新見正信《にいみまさのぶ》のもとで育てられる。

寛文十年（一六七〇）、九歳のときに認知され、綱重の嗣子《しし》となり、元服後、綱豊《つなとよ》と名乗る。延《えん》宝《ぽう》六年（一六七八）の父綱重の逝去《せいきょ》を受け、十七歳で甲府藩主となる。将軍家綱が亡くなった際には、世継ぎとして候補に名があがったが、将軍の座には、叔父《おじ》の綱吉《つなよし》が就《つ》いた。

五代将軍綱吉も、嫡男《ちゃくなん》の早世《そうせい》や、長女鶴姫《つるひめ》の婿《むこ》である紀州《きしゅう》藩主徳川綱教《つなのり》の死去等で世継ぎに恵まれなかったため、宝永《ほうえい》元年（一七〇四）、綱豊が四十三歳のときに養嗣子となり、江戸城西ノ丸《にしのまる》に入り、名も家宣と改める。宝永六年（一七〇九）の綱吉の逝去にともない、四十八歳で第六代将軍に就任する。

将軍就任後は、生類憐《しょうるいあわれ》みの令をはじめとした、前政権で不評だった政策を次々と撤廃《てっぱい》。間部詮《まなべあき》房《ふさ》を側用人《そばようにん》として重用し、新井白石《あらいはくせき》の案を採用するなど、困窮《こんきゅう》にあえぐ庶民のため、政治の刷新をはかり、万民に歓迎される。正徳二年（一七一二）、五十一歳で亡くなったため、治世《ちせい》は三年あまりとごく短いものであったが、徳川将軍十五代の中でも一、二を争う名君であったと評されている。

新・浪人若さま　新見左近【八】

鬼のお犬様

この作品は双葉文庫のために書き下ろされました。

第一話　親ごころ

一

よく晴れた日のことだ。

新見左近《にいみさこん》は、菖蒲《しょうぶ》が美しく咲いた甲府藩《こうふはん》の浜屋敷《はまやしき》にお琴《こと》を誘い、二人で一日を過ごした。

三島屋《みしまや》は相変わらずの繁盛《はんじょう》ぶりに加え、町の寄り合いにも引っ張り出されるお琴の忙しさは増すばかり。身体を心配した左近は、疲れを取るにはどうしたらよいか考え、浜屋敷に招いたのだ。

美しい菖蒲を眺《なが》めながら料理を楽しんだあとは、舟を出して江戸湾を周遊した。

お琴は久しぶりの遊びを喜び、およねが心配するほど疲れているようには見えなかった。そっと胸をなでおろす左近のこころの中には、病《やまい》でこの世を去ってしまった許嫁《いいなずけ》のお峰《みね》がいる。たった一人の肉親である妹を案じていたお峰のためにも、お琴を辛《つら》い目に遭《あ》わせぬと誓っている左近は、海風に気持ちよさそうなお琴の横顔に、目を細めていた。

ふとこちらを見たお琴が、穏やかに微笑《ほほえ》む。

左近も微笑み、前を向いた。

お琴が手をにぎってきたので見ると、眩《まぶ》しそうな顔を前に向けて言う。

「長崎《ながさき》帰りのお客さんから、おもしろいことを聞きました」

「ほう。なんだ」

「日ノ本《ひのもと》から西に遠く離れた国では、暑い季節になると浜辺に人が集まり、海水浴をするそうです」

「汗でかぶれた時などは塩水を浴びるのがよいと聞いているが、それと同じ考えか」

「暑い夏を涼むための水遊びだそうです」

「海に入って遊ぶのか」左近は、海面を見た。「おもしろそうだ」

そう言って立ち上がる左近に、船頭と漕《こ》ぎ手《て》たちが慌《あわ》てた。

お琴が袖《そで》をつかむ。

「わたしが申し上げたのは砂浜での海水浴です。深い場所は危のうございます」

左近が笑うと、お琴はからかいに気づいて呆《あき》れた顔をした。

左近は座して腕をつかむ。

「すまんすまん」

笑い合う左近とお琴を見て、船頭と漕ぎ手たちは安堵《あんど》の息を吐いている。

左近はお琴に言う。

「客から聞いて、日ノ本の外に興味を持ったのか」

「遠く離れた国のおなごたちは、普段の暮らしでどのような物を身に着けているのか、見てみたいと思いました。少しだけ聞いた話では、宝石と言われる真っ赤な石や、金細工の品を指に着けて、着飾っているそうです」

鎖国《さこく》をして異国との交流を断《た》っている中、公儀の者が耳にすれば目くじらを立てそうな話だが、お琴とて、知らぬはずはない。店の品を求めたその客は、すでに長崎へ戻っていると言い、左近を安堵させた。

舟を戻した左近は、お琴を三島屋に送るべく浜屋敷をあとにした。今日は西ノ丸《にしのまる》に戻らねばならぬと告げると、お琴は寂しそうな顔をしたものの、笑顔で応じる。

大名屋敷の漆喰壁《しっくいかべ》の角を右に曲がり、町家が並ぶ通りまで戻った時、目の前の商家から出てきたおなごが、左近に気づいて目を見開いた。

「あ、左近様」

声をかけられて、左近は思い出した。

「おこん殿か」

「殿はよしてください。おこんでいいです」

十七の乙女《おとめ》は明るい顔で笑った。

左近とおこんが知り合ったのは、左近との勝負を楽しみにしていながら、病に倒れた剣客、浅川源四郎《あさかわげんしろう》のため西川東洋《にしかわとうよう》に助けを求めた時だった。

左近の身分を知らぬおこんは、二人が浜屋敷しかない方角から歩いてきたのを不思議に思ったらしく、そちらに目を向けた。

左近は咄嗟《とっさ》に言う。

「連れの者が武家に届け物をすると申すから、付き合《お》うていたのだ」

疑わないおこんは、お琴に笑顔で会釈《えしゃく》をした。

左近がおこんに訊《き》く。

「そなたは一人で買い物か」

「いいえ、父の使いで薬を届けに来たのです」

「そうか」

左近はお琴に言う。

「おこんは、医者の太田宗庵《おおたそうあん》殿の娘だ」

するとお琴が、驚いた顔で応《こた》える。

「宗庵先生のお嬢さんでしたか」

今度は左近が驚いた。

「宗庵殿を知っているのか」

「ご本人とはお目にかかったことはないのですが、どんな病も治してくださるって評判です」

「確かに、よい腕をしている」

左近が言うと、おこんは嬉しそうな顔をした。そして、お琴に遠慮なく言う。

「何かありましたら、いつでもおっしゃってください。父をご存じだということは、近くにお住まいなのですか」

「ええ、三島町《みしまちょう》で商《あきな》いをさせてもらっています」

すると、おこんが目を輝かせた。

「三島町ですか。あの町には、行ってみたいお店があります」

若い娘が言うことに、左近はぴんと来た。

「その店とは、三島屋か」

「わあ、左近様、どうしておわかりに」

「なんとなくな。その三島屋のあるじが、目の前におるぞ」

おこんは目を白黒させてお琴を見た。かと思えば急に恥ずかしそうになり、うつむき気味に言う。

「前から、行ってみたいと思っていました。でも、お客さんはみんなきれいだし、あたしなんかが行けるようなお店じゃない気がして……」

お琴は首を横に振った。

「そんなことないわよ。あたしなんか、なんておっしゃらないで、いつでもいらしてください」

「いいんですか」

「ええ、もちろんですとも」

おこんが目を輝かせ、左近をどかせてお琴に歩み寄る。

「それじゃ、今からお邪魔します」

突き飛ばすまではいかなくとも、左近を気にもしないおこんの夢中な様子に、お琴は驚いたようだ。

左近は笑った。

「お琴、おれはここから帰る。おこん、よかったな」

おこんはぺこりと頭を下げ、お琴の腕を取って急《せ》かした。

歩んでゆく二人が見えなくなるまでその場にいた左近は、楽しそうに話をするおこんの明るさと、優しく応じるお琴の様子を見て、案外気が合いそうだと思った。

商家の角を曲がる時に振り向いたお琴が、左近に微笑んで頭を下げた。

左近はうなずいて応じ、西ノ丸に帰るべく歩みを進める。

東海道《とうかいどう》を横断して商家のあいだを抜け、人通りがない愛宕下《あたごした》の大名小路《だいみようこうじ》を歩んでいた時、ふと、老《お》いた侍が目にとまった。白髪まじりの月代《さかやき》を整えているその男は、見た目では六十代だろうか。紋付《もんつき》の小袖《こそで》と袴《はかま》は清潔そうで皺《しわ》もない。左近に気づくことなく、門番がいない武家屋敷の門に向いて立っているのだが、手には拳《こぶし》を作り、横顔は怒りに満ち、じっと門扉《もんぴ》を睨《にら》んでいる。

数多《あまた》の悪人を見てきた嗅覚《きゆうかく》が、男が何か起こしそうだと左近に告げている。

己の気持ちに従い、放っておかず様子を見ていると、男は門扉をたたいた。

二度たたき、名乗ることなく、開けられるのを待っている。

次は三度たたいた。

それでも中から応答はない。

あきらめぬ男は五度たたき、また門扉を睨む。

あたりを気にする様子もない男は、いつまでも開かぬことに苛立《いらだ》ちの声をあげたかと思えば、一歩下がって抜刀《ばっとう》し、門に向かって怒鳴った。

「娘を返せ!」

右手ににぎる刀を高く上げた時、男はようやく、左近に見られていると気づいた。驚いた顔をしたもののそれは一瞬で、急に無表情となり、気力をなくしたように肩を落として、刀を右手に提《さ》げたまま左近に背を向けて歩みはじめた。

気になった左近は、追って声をかけた。

「もし、娘を返せとはどういうことだ」

男は振り向きもせず、また、刀を鞘《さや》に納《おさ》めようともしないで歩き続けている。

左近は追い越し、面と向き合った。足を止めたものの目を合わせようとしない男に、左近は油断なく言う。

「娘さんが悪事の犠牲になっているなら、おれが話を聞こう」

男はなおも左近と目を合わせようとせず、地面を見つめたまま黙っている。

すると、先ほど男がいた門の脇門が開き、三人の侍が慌てた様子で出てきた。

三人は駆け寄り、一人が左近に言う。

「どなたか存じませぬが、このお方は少々物忘れがひどくなっておられるのです。戯《ざ》れ言《ごと》を真《ま》に受けられますと当方が迷惑しますから、関わりなきように」

左近は、無情な言葉を投げかける若い男の目を見た。

「娘を返せとは聞き捨てならぬが、それを戯れ言とは、どういう意味だ」

男は真顔で応じる。

「言葉そのままです。失礼を承知で申しますと、このご老人は、ぼけておるのです。自分の名すら忘れておられるようで、毎日のように現れては、当家に覚えのないことを言われて困っておるところです」

左近は驚いて老人を見た。すると今のあいだに、まるで他人《ひと》ごとのように先へ歩いていた。他の二人の侍が、困った爺さんだと言っている。

物忘れがひどいのは病だと、西川東洋が言っていたのを思い出した左近は、帰る家がわからないのではと案じ、侍たちに会釈をして男を追った。

待てと声をかけても男は振り向きもせず、刀を右手に提げたまま歩みを進め、別の武家屋敷の門前で大声をあげた。

「娘を返せ！」

すると、門の番屋《ばんや》に詰めていた小者が外障子を開け、男だと認めると聞こえるように舌打ちをくれ、荒々しく閉めた。

どうやら先ほどの侍が言っていたのは嘘《うそ》ではないようだ。

このままでは、家に帰れず徘徊《はいかい》を重ねるであろう。

見かねた左近は、男の手から刀を奪い、腕をつかんで問う。

「家がどこかわかるか」

男は呆然《ぼうぜん》とした様子で左近を見てきたかと思えば、驚いたように目を見開き、左手でつかみかかってきた。

「おい、娘を返せ、返せ！」

腹の底から出された大声に、左近は顔をしかめて言う。

「人違いをするな」

「うるさい！　娘を返せ！」

つかんだ手を離さぬ男の肩越しに、通りを歩んできた武家の者たちが見えた。

止めに入るかと思いきや、またか、という顔をしながら、

「その爺さんは、相手にしないほうがよいぞ」

そう声をかけて歩んでゆく。

他にも人目があり、左近が困っていると、走ってくる若者がいた。

駆け寄った若い侍は、左近をつかんでいる男の手首を取り、指を開いて離した。

「すみません。ご迷惑をおかけしました」

左近に頭を下げた若い侍は、男に言う。

「ご隠居様、帰りましょう」

ご隠居は不服そうに何かをつぶやきはじめたが、若い侍には抗《あらが》わない。

奪っていた刀を若い侍に渡した左近は、腕を引かれていく男を見送り、西ノ丸に帰った。

着替えをすませた左近は、居室でくつろいでいたのだが、連れていかれる男が振り向いた時に見せた、何かを恐れるような顔が気になっていた。

そこへ現れた附家老《つけがろう》の又兵衛《またべえ》こと篠田山城守政頼《しのだやましろのかみまさより》が、左近の顔を見るなり心配そうな面持《おもも》ちとなって進み、正面に座して問う。

「殿、お顔色が優《すぐ》れぬようですが、お琴様と何かございましたか」

元大目付《おおめつけ》の眼力が、こころを読んだようだ。

左近は微笑む。

「よい遊びであった」

「それはようございました。殿も藩の政《まつりごと》で根を詰めていらっしゃいましたから」

又兵衛は言いつつも、顔色をうかがう眼差しを向けてくる。

「浜屋敷の帰りに、気になる者と出会うた」

左近が年老いた侍の話をすると、又兵衛は難しい面持ちとなり、しばし考えたあとで言う。

「それは殿、周りの者が申したとおり、そっとしておくのがよろしいでしょう。若党がついておるなら、出歩かなくするはずです」

「しかし、連れ戻される際に見せた顔が、どうにも気になるのだ」

「殿のお気持ちはお察ししますが、己が誰かさえわからぬようになっておるとすると、恐れた表情は気のせいでしょう。お忘れください。殿は甲府藩のあるじですから、小者に関わって、いらぬ心配ごとを増やされますな」

左近は苦笑いをした。

「今日も手厳しいな」

「町を歩かれるのも考えものですぞ」

又兵衛がこうなると、話が長くなる。

駕籠《かご》を使え、供を増やせなど、耳が痛い言葉を並べはじめた又兵衛から逃げるべく、左近は藩の政を忘れていたと言って、適当な書類を開いた。

又兵衛はまだ言い足りぬ様子であったが、

「あまり根を詰められませぬように」

そう言い置いて下がった。

又兵衛が口うるさくするわけは、左近とてわかっている。しかしどうにもあの老人が気になり、また考える左近であった。

二

二日後、藩主としての務めを一段落させた左近は、駕籠を使えと言う又兵衛を振り切って西ノ丸をくだり、いつもの道を通ってお琴の店に向かっていた。

愛宕下に差しかかった時、ふたたびあのご隠居を目にした。

今日は前とは違う大名屋敷の門前に立ち、固く閉ざされている門扉を睨んでいる。門番は出ておらず、今来たばかりのようだ。

家から抜け出したのか、大小は帯《お》びておらず、左近と同じ着流し姿だ。

気になっていた左近は、又兵衛の忠告を無視して声をかけるべく、歩みを進めた。

「お待ちなさい」

声をかけられて振り向くと、着物を尻端折《しりはしょ》りして股引《ももひき》を穿《は》いた男が駆け寄ってきた。

「旦那は一昨日《おととい》も、あのご隠居を気にかけてらっしゃいましたね。申し遅れやした、あっしはこういうもんで」

懐《ふところ》から十手《じって》を出した男は、値踏みする目を向けてきた。

「お上から十手を預かる、新六《しんろく》と申しやす」

岡《おか》っ引《ぴ》きならば事情を知っていると思った左近は、門前にいるご隠居を見て問う。

「娘に、何かあったのか」

すると岡っ引きは、顔の前で手をひらひらとやる。

「無駄でございますよ。あのご隠居は、幻《まぼろし》を追っているのですから」

「幻とは何か」

「まあ、そこは他人様《ひとさま》のことですから」

岡っ引きはそうはぐらかし、ご隠居に駆け寄って声をかけた。

「さ、ご隠居、家の者が心配していますから帰りますよ」

腕を引かれて歩むのを見ていた左近は、又兵衛の言うとおりだと思い、お琴の店に行こうとした。だが、ご隠居はまた振り向き、左近を見てきた。その表情は一昨日とは違い、助けを望んでいるように見えた左近は、やはり気になり、それとなくついていく。

新六は、逃れようとするご隠居から手を離さず話しかけ、言葉巧《たく》みに従わせている。扱いに慣れている様子で町中を歩んで連れ戻ったのは、武家屋敷ではなく、商家の横の路地を入った先にある長屋だった。

木戸を潜《くぐ》り、長屋の路地を進む二人の前に出てきたのは、左近も見知っている若党だ。

新六に連れられているご隠居を見るなり安堵した顔になった若党は、

「捜しておりました。親分、ありがとうございます」

ぺこぺこ頭を下げ、ご隠居の両肩にそっと手を差し伸べて部屋に連れて入った。

「気をつけなよ」

そう声がけして腰高障子《こしだかしょうじ》を閉めてやった新六が、やれやれ、といった様子で路地を戻ってきた。木戸の柱近くに立っていた左近に驚き、呆れたような顔をする。

「旦那も物好きなお方だ」

左近は気にせず訊く。

「あのご隠居が武家ばかりを訪ねるのは、よほど思うことがあるからではないのか」

すると新六は、渋い顔をして足を止めた。

「立ち話じゃあれですから、うちへおいでなさい」

すぐ近くですからと誘われて、左近は応じて足を向けた。

岡っ引きというのは、何かしらの商売をしている家の者が常だと思っていたが、酒屋の隣にある新六の家は、造りは小さな商家でも中は何もなく、商いはしていなかった。

招かれるまま三和土《たたき》を奥に行くと、台所は長らく使った様子はなく、家の中も殺風景だ。

「独り者ですからなんのお構いもできませんが、お上がりください」

示された畳敷きの座敷には、長火鉢《ながひばち》がぽつんと置いてある。

遠慮なく上がった左近は、長火鉢の手前に正座した。

新六は湯呑《ゆの》みと酒徳利《さかどくり》を持って左近の前に座り、注いで差し出した。

自分の分を注いだ新六が、顔の前に掲《かか》げて言う。

「お近づきのしるしに」

うなずいた左近は、一口飲んだ。

新六は水のように飲み干し、旨《うま》そうに息をついたあとで、左近に改めて問う。

「旦那はどうして、あのご隠居を気になさるのです」

「どことなく寂しそうに見えて、気になった」

「そうですかい」

新六は悲しそうな顔をするも、すぐに笑顔になって言う。

「そいつは旦那の気のせいですよ。ご隠居は、以前はどこぞの藩の重臣だったそうで、一緒に暮らしているのはご家来です。見てのとおりぼけてしまわれましたが、ご家来は若いのに、よく世話をしていましてね。長屋の連中は、忠臣だと言って感心しきりですよ」

「そうか。親分は、ご隠居の名を知っているのか」

すると新六は、渋い顔で酒を注ぎながら答えた。

「十手を預かる身で恥ずかしい話ですが、知りません。何せ相手は浪人でもお武家でしょう。ご家来は、訊いても教えてくれないのです。まあご隠居があのとおりですから、お家の名誉のために黙っているのでしょうけどね」

「そうか」

「旦那、これで納得されましたか。見たところお人がよさそうですから、気になるのはよくわかります。でもね、他人様のことですから」

口出しをするなと言いたいのだろう。新六の目は、そう訴えていた。

「もう一杯いかがです」

「いや、馳走《ちそう》になった」

湯呑みを空けず立ち上がった左近は、邪魔をしたと言い退散した。どうしてそこまで気になるのか考えながら歩いていた左近は、ふと、亡き養父《ちち》、新見正信《まさのぶ》を思い出した。初めてご隠居を見た時に感じた気骨《きこつ》のありそうな様子と、目元はどことなく、養父の面影《おもかげ》があるのだ。

それでか、と独りごちた左近は、新六の言うとおりもう気にすまいと思い、お琴の店に行った。

裏から座敷に上がった左近は、店のにぎやかな声を聞きながら横になり、庭に咲いている紫陽花《あじさい》を眺めていた。晴れた空よりも濃い色の花が目に涼しく、蒸し暑さを和《やわ》らげてくれる。

足音がしたので身を起こすと、お琴が茶を持ってきた。左近が邪魔をすまいと裏から入っても、お琴は必ず気づき、暇《ひま》を見て茶を持ってきてくれるのだ。

微笑んで受け取った左近は、香りがいい茶を飲み、一昨日別れたあとのことを訊いた。

「おこんは、喜んだか」

「とっても。でも気に入った櫛《くし》は父に相談するとおっしゃって、紙入れを買ってくださいました」

「店を気に入ってくれたのならよかった」

「はい」

お琴は、いかに繁盛しても決しておごらず、一人一人の客を大切にする。

それを知っている左近も、喜ぶお琴を見ていると自分も嬉しくなるのだ。

およねに呼ばれたお琴が店に戻り、左近はふたたび横になって、夕方までのんびり過ごした。

夜は久しぶりに、権八《ごんぱち》と酒を酌《く》み交《か》わした。権八は昨日まで、泊まりがけの仕事に出ていたのだ。

「仕事を片づけたところで旦那とこうして酒を飲めるなんて、気分が上がるねえ。ささ、もう一杯」

酒を注いでくれた権八が、思い出したように言う。

「そういや旦那、あれから岩倉《いわくら》様の家には行かれましたか」

「いや、邪魔をすまいと思い行っておらぬ」

「そうですかい」

何か言いたそうに笑みを浮かべる権八に、およねが背中をたたいた。

「もったいぶらないで、何か知っているなら教えなさいよ」

「いひひひ」

たまらず笑う権八が、酒を舐《な》めた。

「今日は暇だったから、家の住み心地をうかがいにお邪魔したんです。そしたら、岩倉様は奥方に力仕事をさせまいとして、せっせと世話を焼いておられたんです」

およねが即座に言う。

「お前さん、それってあれかい、おめでたかい？」

「いんや、そうじゃなくってよ、あの澄《す》ました顔の岩倉様が、奥方には別人のように笑顔で接してらっしゃるのを見て、なんだか嬉しくなったんだ。おれと一緒だって」

およねが恥ずかしそうにして、また背中をたたいた。

「お前さんがあたしを想っているのは知ってるけどさ、ここで言わなくても……」

「馬鹿、尻に敷かれてるって意味だ」

お琴が笑った。

「つまり権八さんは、岩倉様と光代《みつよ》さんの仲がいいって、言いたいのでしょう」

「ええ？」

とぼけた顔をする権八に、左近が言う。

「権八、違うのか」

左近に顔を向けた権八は、こくりとうなずいた。

「仲がよろしいのは確かですがね、あっしが言いたいのは、想像していたのと違ったってことです。あの岩倉様ですよ。座敷にでんと座って、光代さんが尽くしているのだろうと思っていたら、仲よく台所に立っているんだもの。驚いたのなんの」

およねが笑って言う。

「何が一緒なもんかね。そういうのは、尻に敷かれてるとは言わないよ。岩倉様が、奥方様を可愛がっているんだよ。お前さんなんて、湯のひとつも沸《わ》かさないじゃないのさ」

「旦那、あっしは旦那と一緒でした」

「馬鹿！　殿様と一緒にするんじゃないよ！」

およねが耳を引っ張るものだから、権八は悲鳴をあげてひっくり返った。

左近は笑って言う。

「お琴、権八とおよねは、まことに仲がよいな」

「ええ、ほんとに」

お琴も笑顔で応じるのを見た権八とおよねが、夫婦揃《そろ》って照れた。

酒と料理を堪能《たんのう》した左近は、お琴と朝まで過ごし、次の日は、一日休みだという権八と将棋《しょうぎ》を楽しんだ。

三日目の朝、左近はお琴と食事をすませたあとで、岩倉の家を訪ねる気になった。権八が言うとおりの暮らしをしているなら、その様子を見てみたいと思ったのだ。

「おれも物好きだ」

お琴に笑って言った左近は、一人で出かけた。手ぶらではいけないと思いついた左近は、何にするか考えながら歩き、昨日権八が食べさせてくれた鶉餅《うずらもち》を選んだ。

店は増上寺《ぞうじょうじ》北の切通《きりどおし》を抜けた先にあると聞いていた左近は、広尾《ひろお》に行くには少しだけ遠くなるものの、通りを引き返した。愛宕下大名小路を右手に見つつまっすぐ切通のほうへ進み、増上寺本坊と馬場《ばば》のあいだの道を歩んでいた時、前から来た三人組の侍の後ろを歩いている男が目についた。またしても、あのご隠居だったのだ。

ご隠居は左近を忘れているらしく、こちらに目もくれずに、前をゆく三人組を呆然とした面持ちで見ながらすれ違った。

振り向いた左近は、辻番《つじばん》の前を左に曲がる侍について曲がったご隠居が、またあの屋敷へ行くのではないかと気になり、広尾へ行くのをやめてあとを追った。

案の定ご隠居は、途中で屋敷に入った三人組には続かず、先日の武家屋敷があるほうへ歩んでゆく。

左近は、世話をしている若党が近くにいないか捜したが、覚えのある顔は見当たらない。仕方なく止めようとしたのだが、少しのあいだ目を離した隙《すき》に、ご隠居を見失った。

先日の武家屋敷へ行ってみるも、表門の前に姿はない。どこと決まりなく門をたたいていたのだから、別の屋敷に行ったに違いない。

そう思った左近は、二軒目の屋敷へ行ったのだが、そこにも姿はなかった。

自分で長屋に帰ったのかもしれぬ。

関わるまい、と考えを変えた左近が切通へ向かっていた時、道の先で怒鳴り声がした。見れば、ご隠居の両腕を二人の侍が左右からつかみ、足早にどこかへ連れていこうとしている。

左近は止めるべく歩みを速めようとしたのだが、大名屋敷の門から行列が出てきた。

今は新見左近として町に出ている以上、行列の進行を妨《さまた》げられぬ。

屋敷の壁際に寄って道を空けた左近は、江戸城のほうへ向かう行列を見送った。ご隠居を追っていくと、侍は人気《ひとけ》がない場所に連れ込み、迷惑だ、二度と来るな、と言って、容赦《ようしゃ》なく痛めつけていた。

「おい、やめよ」

左近が声をかけて助けに入ろうとした。すると侍たちは、左近と目を合わせようとせず足早に離れていく。その二人に、左近は見覚えがあった。ご隠居と初めて会った時、声をかけてきた者たちだったのだ。若い侍が、去り際に声をかけてきた。

「おぬしの知り合いなら、二度と来させるな。次に来れば、歩けぬようにするぞ」

左近が言い返そうとするのを拒《こば》むように顔を背《そむ》けた男は、走り去った。

「大丈夫か」

起こしてやると、ご隠居は目に涙を溜《た》め、頰《ほお》をすりむき、口の中を切ったらしく血を流している。

ここからだと、ご隠居の長屋よりも三島屋のほうが近い。

小五郎《こごろう》に手当てをさせようと思った左近は肩を貸し、連れて帰った。

左近が煮売り屋に入ると、開店の支度をしていた小五郎とかえでが驚き、ご隠居を小上がりに座らせた。

ご隠居の手前、小五郎は殿とは言わず、

「新見様、何があったのですか」

心配そうに訊く。

「ちとわけありだ。あとで話すゆえ、ご隠居の手当てをしてやってくれ」

応じたかえでが傷の手当てをするあいだ、小五郎が名を訊いてもご隠居は答えず、ぼうっと外を見ている。

左近がこれまでの事情を話すと、小五郎は納得した顔でご隠居を見て言う。

「やはり岡っ引きが言うとおり、自分のことすらわからないようですね」

左近は気の毒に思いながら、ご隠居を見た。

「東洋は以前、こうなるのは病だと申していたが、治らぬのだろうか」

小五郎は難しい顔でうなずく。

「同じような年寄りを何人か知っていますが、皆、治らぬままこの世を去りました」

「東洋も、難しい病だと申していた」

かえでが頰に塗り薬をつけていた時、ご隠居はぼうっとした顔で格子窓《こうしまど》から外を見ていたのだが、急に立ち上がった。

かえでが止める手を振り払って戸口から出たご隠居は、表を通り過ぎたばかりのおなごに目を見張り、

「久乃《ひさの》！」

そう叫んで追い、いきなり抱きついた。

悲鳴に驚いた左近が外に出る。すると、ご隠居は抱きついたおなごを離そうとする者を突き飛ばし、帰るぞ、と言って、手を引いていこうとした。

よく見ると、抱きつかれたのはおこんだった。

一緒にいたのは太田宗庵で、突き飛ばされて目を白黒させ、攫《さら》われそうな我が娘を助けようとご隠居に飛びついたが、ふたたび突き飛ばされた。

よろけて転びそうになったところを、左近が受け止めて助ける。

ご隠居は、抗うおこんを離そうとせずに言う。

「久乃、やっと逃げてきたか。よしよし、もうあの家に戻ることはない。わしと帰ろう。母上が待っておるぞ」

おこんは戸惑い、左近が助けようとするが、宗庵が腕をつかんで止め、娘に告げる。

「おこん、言うとおりにしなさい」

おこんは驚いた。

「どうしてです」

「いいから言うとおりにするのだ。そのほうが薬になる」

宗庵は、ご隠居の病に気づいたようだ。

薬になると聞いた途端に、おこんの顔つきが変わった。医者の娘らしく快諾《かいだく》し、ご隠居に言う。

「おとっつぁん、帰りましょう」

するとご隠居は、納得した面持ちでうなずく。

「なるほど、やはりろくでもない家のようじゃ。そなたからおとっつぁんなどと初めて呼ばれたが、まあよい、悪い癖はゆっくり直せ。さ、帰ろう」

刀も帯びず単《ひとえ》の着流しだったため、おこんはご隠居が町人だと思ったらしい。

宗庵に苦笑いを向けたところで、左近がいるのに気づいて驚き、会釈をした。

「久乃、どうした。早くしろ」

「はい」

おこんはご隠居に従い、町中を歩んでゆく。

左近は、思い切ったことをする宗庵に驚きを隠せぬ。

「よいのか」

「まずは、様子を見ましょう」

笑って言う宗庵は、おこんのあとに続く。

左近は横に並んだ。

「実は、あのご隠居はおれが助けていたのだ。自分が誰かもわからぬようだが、毎日のように武家を訪ね、娘を返せと言っているらしい」

「なるほど」

「宗庵殿は、どう見る」

「まだ、なんとも」

宗庵は多くは語らず、ついていく。

三

ご隠居が向かったのは自分の長屋ではなく、愛宕権現社《あたごごんげんしゃ》の西側にある武家屋敷だった。

門の構えは旗本の物ではない。

そう見た左近が、宗庵に言う。

「大名屋敷だ。止めねばまずいぞ」

「焦《あせ》らず見ましょう」

笑って言う宗庵の肝《きも》の据《す》わりように、左近は頼もしく感じて従った。

おこんの手を引いたご隠居が門に歩んでゆくと、脇門が開き、門番が二人出てきた。

「それ以上近づいてはならぬ。去れ」

するとご隠居は、不機嫌さを面《おもて》に出して門番に言う。

「これ新入り。わしの顔を知らぬのか。家老の花上睦才《はながみぼくさい》じゃ。早う通さぬか馬鹿者」

人相の悪い門番の一人が、たちまち怒気《どき》を浮かべて怒鳴った。

「馬鹿とはなんだじじい。鼻紙だか、ちり紙だか知らないが、ここは秋田《あきた》但馬守《たじまのかみ》様の屋敷だ。帰れ！」

睦才は去るどころか、詰め寄った。

「さてはご用人頭《ようにんがしら》の仕業《しわざ》じゃな。わしは騙《だま》されぬ。どけ！」

押し通ろうとする睦才と、一歩も近づけまいとする門番とで揉《も》み合いに発展した。

見かねた左近が助けに入り、双方を離した。

笑いながらそばに来た宗庵が、門番に袖《そで》の下《した》を渡して言う。

「わたしは医者の宗庵と申します。睦才殿は、ちとぼけておられましてな。すぐ連れて帰りますので、何とぞ穏便《おんびん》に」

銭を見た門番の二人が、力を抜いた。

「まあ、それなら仕方ない。もう来ないようにしてくれ」

「どうも、すみません」

頭を下げた宗庵が、左近に言う。

「わたしの家に連れていきましょう」

応じた左近は、睦才の腕を引いた。

先ほどとは別人のようにおとなしくなった睦才は、左近に腕を引かれるままついてきた。

おこんも睦才の腕を取り、気遣《きづか》っている。

宗庵の家は、愛宕下にある町家だった。

近所の町人たちに頼られているが、武家からはほとんど声がかからないのだと本人が言うだけあり、暮らしは楽ではない様子。

入るよう促《うなが》された左近は、土間にいた四十代のおなごを妻だと紹介され、頭を下げた。

妻女は左近と睦才を浪人と見なしたらしく、愛想《あいそ》なく軽いあいさつをしただけで、おこんを連れて台所に行ってしまった。

宗庵が無礼だぞと言ったが、妻女は聞こえぬふりをして見もしない。おこんが左近に頭を下げ、母親を追った。

宗庵が神妙に言う。

「失礼をお許しください。根は優しい奴なのですが、わたしの稼ぎが悪いもので、ひねくれてしまいました」

「気になさるな。それより、ご隠居をどうするつもりなのだ」

宗庵は微笑むだけで答えず、睦才を座らせた。

睦才はおとなしく座ったものの、思い出したように立ち上がり、

「娘をどこに連れていった」

そう言うなり宗庵を押しのけて、家の中を捜そうとする。

「まあ、座りなさい」

宗庵は慣れた様子で扱い、睦才は程なく落ち着きを取り戻して正座した。

左近が感心して見ていると、宗庵は睦才の目を見て言う。

「わたしは医者の宗庵と申します。花上殿、娘さん、いや、久乃殿について、話してみませぬか。いったいどうして、連れて帰ろうとしたのです」

するると睦才は、憤慨しながら答える。

「嫁《とつ》がせた相手が悪かったのだ。病弱な母親のために、月に一度は見舞いに帰らせる約束を守らず、それどころか姑《しゅうとめ》は娘を蔑《さげす》み、まるで下女のような扱いをしておる」

「なるほど」

宗庵が何か言おうとしたが、熱く語る睦才が言葉を被《かぶ》せる。

「娘は一年も帰らせてもらえず、妻がどうしても会いたいと申しておるゆえ、連れて帰らねばならぬのです」

「可愛い娘に一年も会えぬのは、さぞお寂しいことでしょう。わたしも年頃の娘がおりますから、お気持ち、ようわかります」

同情する宗庵を、左近は廊下に促して先に出た。

睦才を待たせて出てきた宗庵に、左近は新六から聞いたままを教えた。

すると宗庵は、神妙な面持ちでうなずいた。

「やはり、そういうことでしたか。多くの病人を診《み》てきましたが、人のこころは、特に難しい。受け入れがたいほど辛い目に遭《お》うた時、己を見失《みうしの》うてしまう者がいるのです。察するところ、花上殿は、こころに強い衝撃を受けられているのではないかと」

左近はうなずき、座敷でおとなしく正座している睦才を見て言う。

「おこん殿を娘だと信じている姿を見ると、気の毒だ。先ほど門番に名乗ったのは、まことであろうか」

「家老のことですか」

「うむ」

すると宗庵は、思い出した顔をした。

「確か、秋田様の屋敷は、一年前まで下野大柳藩田子家《しもつけおおやなぎはんたご》の上屋敷だったはず」

左近は宗庵を見た。

「間違いないか」

「はい。お武家のことですから、詳しくは知りませんが、急に屋敷替えがありました」

左近は口には出さぬが、何があったか知っていた。

大柳藩は、病弱な藩主に取ってかわろうと画策《かくさく》した分家のあるじと、本家の家老たちのあいだで起きた騒動が公儀の知るところとなり、柳沢保明《やなぎさわやすあき》が綱吉《つなよし》に言上《ごんじょう》し、改易《かいえき》処分としたのだ。

譜代《ふだい》大名の改易だけに左近の記憶にも新しいが、屋敷の場所までは把握《はあく》していなかった。

睦才が言うとおり、本家の家老だったのならば、お咎《とが》めを受けたはず。

疑問に思った左近は、宗庵に問う。

「ご隠居は我を失うておるようだが、先ほど述べた内容は、本人のことだろうか」

すると宗庵は、渋い顔で答える。

「こころに衝撃を受けて我を失うておるならば、思い出深い場所を見た時、まともな会話ができる場合があります。そうだとすれば、まだ望みはあります。娘の顔を見れば、正気に戻るやもしれませぬ」

「ならば今のうちに、娘の嫁ぎ先を聞き出してはどうか。おれが話をつけに行く」

「それは妙案」

宗庵はさっそく部屋に戻り、睦才の前に座して微笑みかけた。

「花上殿、力になりたいのですが、娘御《むすめご》が嫁がれているお家を言えますかな」

すると睦才は、怒気を浮かべた。

「無礼な、娘はまだ八つだ。嫁いでなどおらぬ。それよりここはどこじゃ。わしは殿と話をせねばならぬゆえ藩邸に戻る。そのほう、案内をせい」

立ち上がろうとする睦才を、宗庵は引き止めた。

「お殿様から、睦才が疲れておるゆえ休ませるように、と命じられてございます」

「何、殿が」

「はい。今お茶をお出ししますから、ゆっくりしてくだされ」

宗庵はおこんの名を呼び、茶を持ってくるよう指図し、左近に目配せをした。

程なくして茶を持ってきたおこんを見ても、睦才は先ほどとは違って娘だとは言わず、

「かたじけない」

と、こうだ。

戸惑いと安堵の表情をするおこんを下がらせた宗庵が、左近に小声で言う。

「どうやら、娘さんは今、八歳のようですぞ」

うなずいた左近は、睦才を見た。

「病弱の殿に気を遣わせてしまうとは、不覚じゃ」

睦才はそうつぶやき、苦い顔で茶を飲んでいる。左近と目が合うと、睦才は顔を向けて告げる。

「これ若いの、すまぬが、わしの家に走って家来を連れてきてくれ。殿のご様子を聞かねば、休んでなどおれぬからのう」

左近は、若党に訊けば早いと思い快諾し、宗庵に言う。

「家を知っておるゆえ、家来に問うてみよう。ご隠居を頼みます」

「承知しました」

左近が廊下へ出ると、おこんが歩み寄ってきて小声で問う。

「左近様、三島屋のおかみさんにお会いになりに行かれる途中ではなかったのですか」

「いや、お琴のところから友の家に行く途中だったのだ」

「なあんだ。遅れるからって、お伝えしに行こうと思ったのに」

残念そうなおこんに、左近は笑った。

「用がなくても、行けばよいではないか」

「用がなければ、母が出してくれないのです」

厳しそうな母親だと思っていた左近は、納得した。ふと視線を感じて廊下の先に目をやると、そこにいた母親が笑みを作って頭を下げた。

態度の変わりように左近が驚いていると、おこんがささやく。

「左近様は浪人じゃなくて、東洋先生が立派なお武家だとおっしゃっていたと教えたんです。母の無礼をお許しください」

「おこん、頭を下げずともよい。おれはこの身なりをしている時は、浪人も同然だ。遠慮はいらぬ」

母親にも聞こえるように言った左近は、家を出て睦才の長屋に急いだ。

四

子供たちが走り、左近の横を通り過ぎていった。

母親と思《おぼ》しき女たちが注目する中、左近は腰高障子をたたき、

「こちらのご隠居の用でまいった。おるか」

声をかけると、返事と共に戸が開けられた。

無紋《むもん》の小袖と袴を着けている若者は、藤色の単を着流した左近の訪問に、不安そうな顔をして言う。

「あるじを捜して戻ったばかりでした。まさか、ご迷惑をおかけしましたか」

眉尻《まゆじり》を下げ、今にも泣きだしそうな情けない顔をする若者に、左近は否定した。

医者で預かっていると教えてやると、若者は下を向いて安堵の息を吐き、左近に頭を下げた。

「申し遅れました。橋詰喜一郎《はしづめきいちろう》と申します。あるじに怪我《けが》はありませぬか」

「安心しろ。医者まで案内する」

「お願いします」

脇差も帯びず外へ出た喜一郎を連れて、長屋の路地から出た。歩きながら、睦才の名に間違いないか問うと、喜一郎は驚いた。

「あるじが自ら名乗ったのですか」

「うむ。間違いないのだな」

「はい」

「そうか。では、望みが持てるな」

「あるじは元に戻るのですか」

「医者はそう申しておる。こころに強い衝撃を受けた時に、己を見失ってしまう者がおるらしい。久乃という、嫁いだ娘がおるのか」

「おられます」

「では、何があったか医者に隠さず話すがよい。よい手を考えてくれるはずだ」

喜一郎は立ち止まった。

左近が振り向くと、不安そうな顔で訊く。

「まことに、治りましょうか」

「その耳で、医者の話を聞くことだ」

「承知しました」

黙って従う喜一郎と共に道を急いだ左近は、宗庵の家に戻った。

座敷で呆然とした顔で座していた睦才は、喜一郎が来ても他人を見るような様子だ。

それを見ていた宗庵は、難しい表情で左近と目を合わせたのちに、喜一郎に言う。

「先ほどまで、娘は二歳だとおっしゃっていた。家ではどうじゃ」

「おっしゃるとおり、歳が前後します」

「飯はきちんと食べておられるのか」

「いえ、食べたばかりだというのに、飯はまだかと催促《さいそく》される時もあれば、一日何も召し上がらない場合もございます。わたしを泥棒だと言って、大騒ぎされた日もございます」

「さようか。それは辛いな」

「もう慣れました」

薄い笑みを浮かべる喜一郎に、宗庵は厳しい面持ちで告げる。

「今の話を聞く限りでは、治るのは難しいかもしれぬ」

肩を落とす喜一郎を見た左近は、宗庵に言う。

「望みがあると申したではないか」

宗庵が答える。

「あるとすれば、十のうち、一ほどでしょうか。その一に望みを託して、お若いの、名はなんと申されましたかな」

「橋詰喜一郎と申します」

「橋詰殿、ご隠居に何があったのか、お聞かせくだされ」

宗庵にうなずいた喜一郎は、居住まいを正して述べた。

それによると、確かに睦才は大柳藩の家老だった。だが、藩主の命で一人娘を嫁に出したあとは、親戚がすすめる養子を頑《かたく》なに拒み、高齢を理由に隠居の申し出をしたという。許されてはいなかったものの、藩政から遠ざかっており、お家騒動には関わっていなかった。そのため、公儀からお咎めはなかったのだが、主家を失い、浪々の身になったのだという。

そこまで述べた喜一郎は、辛そうに目を閉じて声を詰まらせた。

左近と宗庵は、黙って落ち着くのを待っている。

喜一郎は、睦才を見た。

左近も見ると、睦才は正座したまま船を漕ぎ、居眠りをしていた。

喜一郎はそんなあるじの姿に、悲しくなったのだろう。ひとつ息を吐いてふたたび居住まいを正し、話を続けた。

「主家を失った時に、悪いことが重なりました。長らく胸を患《わずら》っていらっしゃった奥方様の病状が悪化したのです。そこでご隠居様は、お嬢様を嫁がせていた旗本に、見舞いに帰らせてくれと頼まれました。ところが、門前払いされたのです。浪々の身となった花上家とは、いっさい付き合わぬと言われたのです」

悔しそうに、己の膝《ひざ》を拳で打つ喜一郎に、宗庵が問う。

「娘御は、今も嫁ぎ先におられるのか」

「はい。三《み》くだり半《はん》を出されないだけでもありがたく思えとまで言われたご隠居様は、それでもあきらめず、わたしを使いに出し続けていらっしゃったのです。奥方様は、お嬢様とお会いになるのを楽しみに病と闘っていらっしゃいましたが、三月《みつき》前に、身罷《みまか》られました」

夫婦仲が睦《むつ》まじかった睦才は、悲しみのあまり塞《ふさ》ぎ込み、外にも出なくなっていたのだが、二月《ふたつき》前から、様子がおかしくなったという。

そこまで語った喜一郎が、左近と宗庵を順に見て、悔しそうに言う。

「お嬢様が嫁がれている旗本は、悪い評判が絶《た》えないのです。ご隠居様が今のように、他人様の屋敷をしつこく訪ねるだけならよいのですが、嫁ぎ先のお屋敷に行かれた時が、恐ろしゅうございます」

左近が問う。

「どういう意味だ」

喜一郎は、不安そうな顔で左近を見た。

「門前で刀を抜いて騒げば、咎められるのはお嬢様です。主人は気性が激しいお方ですから、命さえ取られかねませぬ。ですから、なんとしても、正気に戻っていただきたい。先生、どうかお願いします。ご隠居様を治してください。このとおりです」

涙を流して頼む喜一郎に、宗庵は気の毒そうに言う。

「気持ちはお察しするが、こころに受けられた衝撃が大きい。仲睦まじかったご妻女を喪《うしな》った深い悲しみが発端《ほったん》となり、己を見失ってしまう者はおる。はっきり申し上げると、そうなってしまった者が元に戻ったのを、わたしは見たことがないのだ」

喜一郎は天を仰《あお》ぎ、目尻から光る物を流した。唇《くちびる》を嚙《か》みしめ、納得したようにうなずくと、宗庵に乞《こ》うた。

「では、ご隠居様を長屋に連れて帰ります。お嬢様のためにも、今日からは目を離しませぬ。縄で柱にくくりつけてでも、外に出さぬようにいたします」

宗庵は腕組みをして、睦才を見た。

「おぬしの他に、面倒を見てくれる者はおるのか」

「いえ、わたし一人です」

「そうか。縄で縛るというても、なかなか難しいのではないか。それは、おぬしが一番ようわかっておるはず」

　喜一郎は下を向いた。

「それでも、連れて帰ります」

「無理をせず、しばらくわたしに預けてみてはどうか」

　すると喜一郎は、戸惑う顔をした。

　宗庵が言う。

「女房と娘がおるから、まかせなさい」

「では、お言葉に甘えます。十日だけお願いします。そのあいだに、遠く離れた土地に越せる家を見つけ出して、お迎えに来ます」

　引っ越すと聞いて、左近が問う。

「ご隠居が門前で騒いでいた愛宕下の屋敷が、娘御がおられる家なのか」

　喜一郎は目を泳がせ、左近に頭を下げた。

「お家の名誉のため、どうか、ご勘弁を」

　拒むのは、喜一郎の忠義。

　そう思った左近は感心し、深く問うのをやめた。

　喜一郎が膝を転じ、宗庵に両手をつく。

「どうか、ご隠居様をお願い申し上げます」

「焦らず、よい家を探しなさい」

「はは」

喜一郎は左近にも頭を下げ、帰っていった。

「よい若者ですな」

目を細める宗庵に、左近が言う。

「思わぬ迷惑をかけてすまぬ」

「何をおっしゃいます。新見様こそ、浅川源四郎殿のことといい、まこと情に厚いお方ですな。娘が奉公に上がりたいと言うはずです」

左近は耳を疑った。

「なんと申された」

宗庵は真面目な顔をした。

「以前源四郎殿を診て帰る際に、行儀見習いで奉公に上がるなら、新見様のお屋敷がよいと娘が申しましてな。東洋先生はどういうわけか、他を世話すると拒まれたのですが、どうでしょう新見様、娘を預かっていただけませぬか」

じっと見つめられて、左近は困った。

「見てのとおり、おれは浪人も同然だ」

「ご謙遜《けんそん》を」

「謙遜などしておらぬ。東洋殿が、よりよい家を紹介してくれるはずゆえ、待たれよ」

「そうですか……」

納得できぬ様子の宗庵から逃げるべく、左近は立ち上がった。

「東洋殿にも、手伝いを頼んでまいろう。では失礼する」

お気を遣わずに、と言う宗庵に笑みで応じた左近は、家をあとにした。

東洋の家に行くため道を急いでいると、路地から岡っ引きの新六が出てきた。

「おや旦那、またお会いしましたね」

「おぬしか。すまぬが先を急ぐ」

行こうとする左近に、新六はついて歩きながら言う。

「さっきご隠居のところの若いのが、やけに暗ぁい顔をして歩いていましたが、ひょっとしてご隠居が、また何かやらかしたので？」

「案ずるな。今は医者で世話になっておる」

そう教えると、新六は首をかしげた。

「旦那はほんとうに、物好きだ」

「たまたま道で見かけただけだ」

「とかおっしゃって、実は気にしておられるのではないですかい。わざわざお目をかけに行かれているのでは？」

　左近は立ち止まり、新六を見た。

「だとすると、都合が悪いのか」

「いえいえ。お武家に迷惑をかけるご隠居を見張っていただけるなら、助かると思いましてね。何せ手前は、ぼけたご隠居でも、お武家が苦手なものですから」

「安心しろ。医者が出さぬよう見てくれる」

「へい。おまかせしやす」

　愛想笑いで見送る新六を尻目に、左近は道を進んだ。東洋の家に行こうとしたのだが、出たついでに訊こうと思い立ち、睦才がしつこく訪ねていた旗本の屋敷へ足を向けた。

　近くの辻番で、旗本のあるじの名を尋ねたところ、左近も何度か会ったことがある宇垣勝善《うがきしょうぜん》の屋敷だった。

　宇垣は好人物で、悪い評判が立つはずもない。

左近は、己を忘れてしまった睦才が家を間違えていたのだろうと考えを変えようとしたのだが、今はなくなってしまった主家、田子家の屋敷へ帰ろうとした行動を思うと、やはり気になった。

宇垣の妻女が、睦才の娘なのだろうか。

あり得ると考えた左近は、宇垣本人に訊いてみるべく、足を向けた。その時、跡をつける気配を察して振り向いた。だが、影はどこにもない。

気のせいだとは思わぬ左近は、宇垣家の門前を通り過ぎ、一旦東洋の家に行くのをやめて適当に町中を回り、曲者《くせもの》を待ち伏せした。しかし、怪《あや》しい者は姿を見せず、気配も消えていた。

「気にしすぎたか」

そう独りごちた左近は、東洋の家に向かった。

五

「なるほど、そのような御仁《ごじん》が。なんとも、気の毒な話ですな」

左近から助けを求められた西川東洋は、大勢の患者を診てきただけに、睦才が己を取り戻すのは難しいだろうと告げた。

「本人も気の毒ですが、面倒を見る者は、もっと大変です。忠臣といえども、若者ですから、先が心配ですな。真面目な者ほど思いつめがちですから、周囲を頼るとよいのですが。ともあれ、宗庵殿が診ておるなら、喜んで手を貸しましょう」

「もうすぐ日が暮れるゆえ、明日からでよい」

左近が言うと、東洋は微笑んだ。

「お琴様のもとへお戻りでしたら、途中までお供をします。今夜は久しぶりに宗庵殿と、医術の話をして、ご隠居を見張りましょう。宗庵殿は優秀な医者ですから、よい道が見えるかもしれませぬ」

東洋はそう言うと、あとを継がせているおたえ夫婦にしばらく戻らぬと告げ、手荷物ひとつで出かけた。

左近は、東洋を宗庵宅に送る途中で、おこんの奉公話を伝えた。

「宗庵から、おこんを預けたいと言われた」

東洋は立ち止まった。

左近も足を止めて見ると、東洋は顔色をうかがう目を向けてきた。

「それで、殿はなんとお答えに」

「東洋が他によい家を紹介するのを待つよう伝えた」

「そのことですが、あの娘は、なかなかよい心根をしております。西ノ丸とは申しませぬ。甲府藩邸で、預かってはみませぬか」

「おれは、おこんは武家よりも、おたえのように、医者の手伝いが向いていると思うぞ」

「それはわたしも思うのですが、宗庵殿だけでなく、特に母親のほうが、武家を望んでおるのです」

「断りきれぬか」

「他ならぬ古い友の望みですから、叶《かな》えてやりたいと思うのですが、武家に奉公させるとなると、やはり、殿しか考えられぬのです」

「おこんは、武家での奉公を望んでおるのだろうか」

「そこは、はっきりわかりませぬ。宗庵殿も、実はご妻女に本音を言えぬのではないかとも、思うのです」

宗庵の妻を見ている左近は、東洋の心配がわかる気がした。

「では引き延ばして、本音を聞き出したらどうだ」

「殿は、おこんがご奉公に上がりたいと申したら、いかがなされます」

「桜田《さくらだ》の屋敷で侍女《じじょ》をしたいと申すなら、拒みはせぬ。だが、おこんは医者の手伝いが肌に合うておる気がする。お琴が商いを好むようにな」

「なるほど。では、そのあたりもよう聞いてみましょう」

東洋と宗庵宅の近くで別れた左近は、小五郎の煮売り屋に向かった。小五郎ならば、宇垣家の内情を知っているかもしれぬと思ったのだ。

話を聞いた小五郎は、かえでが持ってきたちろりを取って酒をすすめた。

左近が酌《しゃく》を受けると、小五郎は話を切り出そうとしたのだが、折悪《おりあ》しく客が二人入ってきた。
四、五十代の男は、左近も見知っている常連客だ。
「大将、今日は倅《せがれ》と一杯やりに来たよ」

嬉しそうに言い、板場近くにいる左近に笑顔で会釈をした。息子を窓際の長床几《しょうぎ》に座らせ、かえでに煮物と酒を注文して座した男の背中を見ていると、小五郎が折敷《おしき》に酒とつまみを載せて、奥の小上がりに促した。

左近が応じて移動すると、小五郎が改めて口を開く。

「殿がおっしゃるとおり、宇垣殿に悪い評判はいっさいございませぬ。ですが、半年前に屋敷替えがあり、今の地へ移っております」

　左近は感心した。

「やはり小五郎は、よく知っているな」

「いえ、たまたまなのです。殿がお尋ねになった辻番に詰める町役人《ちょうやくにん》から煮物の注文を受けて届けた際、宇垣家の者が引っ越しの最中だったものですから、覚えておりました」

「そうか。前のあるじは誰かわかるか」

「存じませぬ。ひとっ走り、調べてまいります」

「いや、明日でよい。お琴の家におるゆえ、わかれば知らせてくれ」

「承知しました」

　座を立って表に向かおうとした左近が、楽しそうに語り合いながら酒を酌み交わす父と息子の姿に目を細めていると、目が合った息子が笑顔で会釈をした。

　父親が何をしている者か知らぬ左近は、いい歳をした息子がいたのだと思いつつ会釈を返し、店を出たところで、ふと、父親の名が頭に浮かんだ。

　確か、雉右衛門《きじえもん》だ。

　以前は猟師だったが、生類憐《しょうるいあわれ》みの令で稼げなくなったとこぼしていたのを思い出した左近は、大きな笑い声を聞きながら去った。

お琴は、左近が小五郎の店にいると知って、料理を作って待っていた。

権八とおよねは、今日は珍しく二人で出かけているらしく、海沿いの料理屋で食事をしているという。

左近は睦才の話はせず、お琴の手料理を堪能した。

おこんの奉公のことが頭をよぎったものの、店に来る客の話を楽しそうにするお琴の様子を見ていると、聞かずとも答えはわかる気がして何も言わなかった。

三島屋の商売だけでなく、三島町の発展に尽力するお琴は、疲れを見せるどころか生き生きとしている。

権八などは、お琴ちゃんは、働かなきゃ死んじまうんじゃないですかね、などと言い、感心しきりだ。

だが、およねの見立ては違う。左近がめったに来ないから、寂しさを紛《まぎ》らわせるために働いているのだと言うのだ。

本音を訊いても、お琴は決まって、今のままがいいと答える。

縁側で星空を眺めていると、お琴が身を寄せてきた。左近が見ると、お琴は微笑み、星がきれいだと言う。

二人だけの時を大切に過ごした左近とお琴は、手をにぎったまま眠った。

翌日、小五郎からの合図を受けた左近は、店を開けているお琴にひと声かけ、煮売り屋に出向いた。

待っていた小五郎が、頭を下げて言う。

「辻番の者に確かめましたところ、宇垣家が来るまでは三月ほど空き家になっており、前のあるじは、五千石の旗本、田子伯耆守《ほうきのかみ》だったそうです」

左近は本丸にて、将軍綱吉と共に時節のあいさつを受けているはずだが、数多いる旗本の中で特に印象はない。

「顔に覚えはないが、改易になった大柳藩田子家の縁者か」

「はい、遠縁に当たります。お家騒動の縁坐《えんざ》こそ免《まぬが》れたものの、ご公儀のお役目はご免となり、屋敷も麻布《あざぶ》桜田町《さくらだちょう》に遠ざけられております」

「伯耆守の評判はどうか」

「悪い話は出ませんでした。むしろ、よいほうかと」

左近は、睦才の娘は、田子本家の縁者である伯耆守に嫁いだのではないかと考えた。もしそうならば、屋敷替えを忘れて、我を見失う前の記憶のまま行動してしまい、宇垣家に迷惑をかけているとも考えられる。

そのことを小五郎に告げた左近は、いっぽうで、喜一郎の言動が気になった。

「おれのこの考えが当たっているなら、喜一郎は何ゆえ、伯耆守を悪く言うのだろうか」

ぼそりとこぼす左近に、小五郎が訊く。

「何者ですか」

「睦才の面倒を見ている若党だ。睦才の娘の嫁ぎ先を罵《ののし》り、恨《うら》んでいる様子だった」

小五郎がうなずき、そばで聞いているかえでを見た。

左近が言う。

「睦才に辛く当たる伯耆守を恨むあまり遠ざけるために、屋敷替えを伝えていなかったのだろうか。それとも睦才は、知っていて忘れたか。二人はどう思う」

「そこが気になりますね」

かえでが言うと、小五郎が申し出た。

「喜一郎に問いますか」

「そうしてみるか」

「連れてまいります」

「いや、おれが行ったほうが早い」

左近はさっそく小五郎と共に店を出た。

まっすぐ長屋に行くと、喜一郎は留守だった。この町を離れるべく新居を探しに出たのだろうと思い、出直そうと路地を引き返した。三軒先の部屋の前を通っていた時、開けられたままになっている腰高障子から、男女の笑い声が聞こえてきた。聞き覚えのある声に誘われて、何げなく見た左近の目にとまったのは、こちらに足を向けて、寝そべっている喜一郎だ。砕《くだ》けた姿に別人かと思ったが、間違いなかった。ちょうどよいと思い声をかけようとすると、相手の女が枕屛風《まくらびょうぶ》に赤い襦袢《じゅばん》をかけ、喜一郎の腕を取って陰に引き込んだ。ちらと見えた女は、喜一郎より年増だ。

遊びを知り尽くした長屋の女に、搦《から》め捕《と》られたか。

その場を離れた左近は、己を見失っている睦才が幾度も外を出歩くわけがわかった気がして、切ない思いが込み上げた。同時に、喜一郎の素行が気になり、木戸の柱近くで待っていた小五郎に歩み寄る。

「先ほどおれが見ていた部屋に喜一郎がいる。行動を探ってくれ」

「承知しました」

小五郎にまかせれば、何かわかるであろう。

そう思った左近は、睦才の様子を見に、宗庵の家を訪ねた。

泊まり込んでいた東洋は、左近の前に座して神妙な顔で言う。

「今朝は、おこんさんをご妻女と思うておりました」

「そうか。記憶が若返っておるようだな。今はどうしている」

「落ち着いておりますが、話しかけても、的《まと》はずれの答えが返ってまいります」

「実の娘と会わせても、正気に戻らぬだろうか」

「宗庵殿とも話したのですが、難しいかと」

「今は宗庵殿がついておるのか」

「はい。目を離すと外へ出ようとしますから、交代で見ております」

「迷惑をかけてしまったようだ」

恐縮する左近に、東洋が微笑む。

「新見様らしくありませぬぞ」

東洋が殿と言わぬのは、隣にある気配を知ってのことだろう。この座敷に通してくれた宗庵の妻女が、離れずにいるのだ。

目配せをした東洋が、膝を進めて近づき、耳元でささやいた。

「昨夜は、殿のことをしつこく訊かれました。どうやらご妻女は、本気で娘御の奉公を望んでおるようです」

いかがしますかと問われた左近は、離れた東洋に首を横に振ってみせた。おこんは、医者の手伝いが向いていると思うからだ。

母親から話を切り出される前に退散すべく、左近は早々に立ち上がった。そこへ、おこんが茶菓《さか》を持ってきた。

左近が立っているのを見て、驚いた顔をして言う。

「左近様、どうぞお茶を召し上がってください。東洋先生もどうぞ」

手早く茶菓を置き、左近に座れと促す素振りは、一見するとがさつそうだが、置かれている茶台と菓子皿の位置は、東洋の前に置いた物と同じ間隔で揃えられている。見た目が美しいのだ。

そういうところもお琴に似ていると感じた左近は、おこんの本心を問うてみようかと思ったが、母親に出てこられてはまずいと考えなおし、話題を変えた。

「お琴が、店を気に入ってくれたようだと喜んでいたぞ」

おこんは嬉しそうな顔をした。

「おかみさんが、そうおっしゃったのですか」

「うむ。また寄ってやってくれ」

「次は、母と行かせていただきます。話をしたら、今日にでも行きたいと言っていましたから」

どうやらおこんは、母親が隣にいるのを知らぬようだ。

そうか、と言った左近は、湯呑みを取った。渇いていた喉《のど》を潤《うるお》していると、

「母はおかみさんに、左近様がどんな人かも訊いてみたいんですって」

おこんが本人を前にあっけらかんと言うものだから、左近は驚き、東洋の顔に茶を噴いた。

「すまん東洋殿」

笑って顔を拭《ふ》いた東洋が、おこんに訊く。

「そなたは、武家で行儀見習いをしたいのか」

おこんは、考える顔を下に向けた。

「母がどうしてもと言うものですから、新見様のお屋敷だったら行くと言いました」

左近は、母親が襖《ふすま》に近づいた気配を察し、おこんに告げる。

「自分の気持ちを伝えたのか」

おこんは寂しそうな顔を横に振った。厳しい母親には言えないのだと思った左近は襖を見た。そこにいるであろう母親に、娘の気持ちを考えるべきだと言おうとしたのだが、廊下に睦才が来た。

睦才は、左近たちがいるのを見て驚いたかと思えば、急いで裸足《はだし》のまま庭に下り、裏に走った。

おこんが慌てて追う。

左近も追って庭に下り、睦才の腕をつかんで止めた。

睦才は振り向いて左近を見ると、悲しそうに下を向いて言う。

「どうして、わしを閉じ込めようとするのじゃ。わしが何をした！」

急に怒り、抗いはじめたのを左近が押さえた時、宗庵が来た。

「おお、捕まえてくだされたか。危うく逃げられるところでした」

尻をさすり、痛そうな顔で歩み寄った宗庵は、止めようとして投げ飛ばされたと笑い、睦才に問う。

「いったい、どこへ行こうとしたのです」

「藩邸に決まっておろう。殿と藩の財政について話さねばならぬ」

宗庵は困った顔をした。

東洋が睦才に歩み寄り、穏やかに告げる。

「お気持ちはわかりますが、我らはご家老を療養させるよう、殿様から命じられております」

「何、殿からじゃと」

「いかにも」

「そうか。では、仕方ない」

睦才は身体から力を抜き、とぼとぼと戻った。

おこんが縁側に座らせ、足の砂を払った。そこへ、宗庵の妻女が出てきた。

「まあまあ、なんの騒ぎですか」

今来たような様子で言い、左近に笑みを向ける。

「新見様、おこんのことで、少しお暇をいただけ――」

「ああ！」

突然大声をあげたのは睦才だ。息を呑んでいる妻女に歩み寄り、頭を下げた。

「母上、起きられてもよろしいのですか」

そう言って嬉しそうな笑みを浮かべる睦才に、妻女は目を白黒させた。

「は、母上、ですって」

「お顔の色が、ようなられましたな」

睦才は安堵したように言い、自分が療養している部屋に戻っていった。

呆気《あっけ》にとられている宗庵と妻女を見て、おこんが笑った。

妻女は憤慨し、左近へ話すことも忘れて立ち去った。宗庵が困った様子で妻女を追い、東洋は睦才を追った。

おこんが左近に言う。

「左近様とお琴さんは、とっても仲がいいって、およねさんから聞きました」

「およねはそんなことまで言ったのか」

「お二人は、お屋敷でお暮らしにならないのですか」

「うむ。お琴は、今の暮らしを変える気がないからな」

「そうですか」

残念そうな顔をするおこんに、左近は疑問を抱いた。

「いかがした」

おこんは左近を見て答える。

「お琴さんが左近様と暮らされるなら、お屋敷で奉公したいと思いました。でも、そうじゃないのですね」

左近が何も言えずにいると、おこんは笑顔で続ける。

「さっきは睦才様に、救われた気がします。正直に申しますと、お武家でのご奉公は気乗りしないのです」

やはりそうかと思った左近は、微笑む。

「その気持ちを、話してみてはどうか」

「そうしてみます」

明るく応えたおこんは、睦才のところへ行こうとして、振り向いて言う。

「母がどうしてもわかってくれなかった時は、左近様のお屋敷に行かせてください」

頭を下げたおこんは、笑顔で去った。

断る理由もない左近は、桜田の屋敷ならばよいかと思い、宗庵宅をあとにした。

六

小五郎が喜一郎について二日のあいだ、睦才のために新しい住まいを探すと言ってきながら、その素振りはまったくない。

喜一郎が足繁《あししげ》く通うのは、酒屋と、同じ長屋に暮らす女の部屋だ。

小五郎はかえでに、女の素性《すじょう》も探らせていた。それによると女は、去年までは別の男と暮らしていたが、稼ぎが悪いのを理由に喧嘩《けんか》が絶えず、いつの日か、男が帰ってこなくなったという。それからは食うために働きに出ていたのだが、近頃は家にいるようになっていた。

「どうやって食べているのだ」

かえでの報告に眉をひそめた小五郎は、入り浸《いびた》っている喜一郎が食わせているのだと察し、金の出どころを探るべく、見張りを厳しくした。

かえでを女につけていた小五郎は、昼過ぎになって家を出てきた喜一郎のあとを追った。

いつものように、酒屋に行くのかと思えばそうではなく、今日は紋付袴《もんつきはかま》を着け、腰には大小まで帯びている。

新しい奉公先でも探すのかと思いつつ見ていると、喜一郎が向かった先は、麻布の武家屋敷だった。

門番とは顔見知りらしく、親しそうに話すと、中に通される。

あるじの名を知らぬ小五郎は辻番に走り、田子伯耆守の屋敷だと知ると、番人に礼を言い、怪しまれぬよう一旦離れた。裏に回っていると、漆喰の塀から出ている植木に職人がつき、枝の剪定《せんてい》をしているのが見えた。

これを逃す手はないと考えた小五郎は、喜一郎が中で何をしているのか探るべく、路地に人がいないのを確かめ、身軽に塀に上がり、広い庭に植えられている木々の茂みに潜《ひそ》んだ。すると、位置的に表向きと思われる建物の廊下を、若党に案内された喜一郎が歩いてきた。座敷には入らず庭に下り、色鮮《あざ》やかな鯉《こい》が泳ぐ池のほとりまで行くと、若党は下がっていく。

一人残った喜一郎が待っていると、程なくして、侍女を連れた二十歳《はたち》くらいの女が庭を歩んできて、喜一郎と話をはじめた。

小五郎がいる場所から声を聞くことはできぬが、近づこうにも、侍女が控えている。

神妙な面持ちで話を聞いている女は、この家の姫ではなく、あるじの正妻か側室だと思われる。喜一郎が会うとなると、睦才の娘、久乃に違いないと思いつつ小五郎が見ていると、青地の綸子《りんず》の小袖から白い包みを出し、喜一郎に差し出した。

喜一郎は押しいただくように受け取り、いそいそと帰っていく。

見送った女は、侍女と奥向きに戻っていった。

小五郎は、庭木の剪定をしていた職人の目を盗み、道具箱からはさみを拝借した。職人に化けて広い庭を移動し、女の正体を確かめるためだ。

三島屋にいた左近は、暇を見て奥の部屋に来たお琴と二人でところてんを食べていた。

庭に小五郎が現れたのは、程なくだ。

店に戻るお琴に頭を下げた小五郎が、縁側に歩み寄る。

「喜一郎に、動きがあったのか」

察して問う左近に、小五郎は険しい表情で言う。

「殿がおっしゃったとおり、睦才殿の娘は、田子伯耆守の正妻でした」

「やはりそうであったか」

「喜一郎は先ほど、田子家を訪ねて睦才殿の娘と会い、金を受け取っております」

小五郎は、長屋の女を見張っていたかえでから、戻った喜一郎の様子を聞いていた。

その内容を伝えられた左近は、小五郎に言う。

「何か、裏がありそうだな。これより、田子伯耆守を訪ねる」

「はは、お供いたします。急ぎ支度をしてまいります」

宝刀安綱《やすつな》を帯に差した左近は、小五郎と田子家で落ち合うと決めて、三島屋から出かけた。

煮売り屋のあるじではなく、甲府藩士らしく身なりを整えた小五郎が追いついたのは、左近が田子家の門前に到着して程なくだ。

「行こうか」

「はは」

先に走った小五郎が、門番に身分と用向きを伝えると、門番は慌てた様子で中に入り、門内はにわかに騒がしくなった。

大門が開かれ、出てきた四十代の用人が小五郎に頭を下げると、行列を探すように通りを見た。

小五郎が告げる。

「お忍びゆえ、お静かに」

用人ははっとして、小五郎の背後にいた左近を見てきた。その場に座そうとするのを小五郎が止め、中に入れるよう促す。

動揺を隠せぬ用人は、額《ひたい》から汗を流しながら左近に頭を下げ、招き入れた。

あるじ田子伯耆守は、表玄関の外まで出て待っていた。

まだ二十八歳の田子は、徳川綱豊《とくがわつなとよ》の訪問を聞き、

「西ノ丸様が何ゆえ、それがしのような者のところにまいられる」

ひどく驚きもしたが、

「一度、お目にかかってみたかった」

と喜び、そわそわして待っていたのだ。

藤色の小袖を着流し、浪人のごとき身なりをした左近を見た田子は、戸惑った顔をした。

そばに控えていた用人から、お忍びだとささやかれ、田子は納得した顔をする。

「突然すまぬ」

左近が言うと、田子は頭を下げた。

「西ノ丸様にお越しいただけたこと、当家にとっては誉《ほま》れにございます。ささ、

「お上がりください」

あるじ自ら小姓《こしょう》のごとく招く姿は、田子の人となりを表している。

悪い評判がないのも、左近の気持ちを楽にしていた。

広い書院の間に案内した田子は、左近を上座に座らせ、離れた場で平伏《へいふく》した。

「伯耆守殿、そこでは話ができぬ。近う」

「はは」

近くに寄り、改めて頭を下げる田子に、左近は単刀直入に切り出す。

「今日まいったは他でもない。そなたの奥方の父親についてだ」

田子は顔を上げ、困惑の表情をしている。

「我が妻の父親が、何かしたのでしょうか」

「その前に確かめるが、奥方は、そなたの本家筋に当たる田子家の元家老、花上睦才の娘か」

「いかにも、さようにございます」

左近はうなずき、久乃の父親の今を伝えた。

我を忘れ、久乃を求めて徘徊していると知った田子は、ひどく動揺した。

言葉も出せぬ田子に、左近は厳しく問う。

「何ゆえ、娘を父親に会わせぬ」

するとと田子は、両手をついて否定した。

「久乃は、母親を案じて会いたがっております。それがしはむしろ、見舞いに帰るようすすめておりますが、本家の改易を恥じた睦才殿が、拒まれるのです」

左近は顔には出さぬが、落胆していた。そして、ここからは慎重になった。

「では、睦才に仕《つか》えている若党が、近況を知らせておるのか」

「はい。妻は、浪人になってしまった父を案じ、病を患う母に胸を痛めております。せめて薬代だけでもと、知らせてくれる喜一郎に、父には内緒で渡しております」

「そうだったのか。これで得心《とくしん》した」

黙って訊く顔を向ける田子に、左近が告げる。

「奥方の母御《ははご》は、三月《みつき》前に身罷られた」

「なんと！」

田子は尻を浮かせるほど驚き、片手をついて問う。

「それは、間違いないのですか」

「長屋には、睦才と喜一郎しかおらぬ」

左近は、喜一郎について隠さず話した。落胆し、喜一郎に対する怒りを隠さぬ田子に、左近は夫婦で睦才に会うことをすすめた。

快諾した田子は、左近に両手をついて頼んだ。

「この場に、妻を呼んでもよろしゅうございますか」

「うむ」

自ら呼びに行った田子は、程なくして戻り、改めて夫婦揃って左近に平伏した。

左近は面《おもて》を上げさせ、久乃に告げる。

「そなたの父とは、ひょんなことで知り合うた。これも何かの縁ゆえ案内するが、父は我を忘れておる。そなたを見ても、娘だとわからぬかもしれぬと言うておく」

久乃は色白の顔を歪《ゆが》めて涙をこらえ、左近に両手をついて言う。

「覚悟しまする。父が多大なるご迷惑をおかけしましたこと、父にかわって深くお詫《わ》び申し上げまする」

「見てのとおり、今のおれはお忍びだ。綱豊ではなく、ただのお節介焼《せっかいや》きと思うて気にするな。もうひとつ、これから案内する先では、綱豊ではなく、新見左近として接するように」

砕けた物言いに、久乃は驚いている。

「承知しました」

意図を察してくれた田子に、左近は笑顔でうなずいた。

「では、まいろうか」

先に立つ左近に従い、田子と久乃は、わずかな供を連れて屋敷を出た。

宗庵宅に着いた左近はまず、宗庵と東洋に田子と久乃を紹介した。

世話になったと頭を下げる二人に、宗庵が言う。

「お父上は今、娘が見ております。お連れしますが、お覚悟はよろしいか」

久乃がしっかりとうなずいてみせた。宗庵もうなずき、立ち上がった。

「では、ご案内します」

神妙な様子であとに続く田子は、久乃の背中にそっと手を当てて励《はげ》ましている。

肩を落とす久乃を見ていた左近は、喜一郎をこのままにはしておけぬと思いつつ、歩みを進めた。

おこんが出した茶を飲んでいた睦才は、宗庵の後ろに久乃と田子がいるのを見て、目を見張った。

「久乃！　どうしてここに」

つい出てしまったとばかりに、睦才は慌てて口を閉ざし、下を向いた。

驚いたのは、左近たちのほうだ。

皆が注目する中、睦才はしまったという顔をし、すぐに申しわけなさそうに手を合わせた。

何も言わぬ睦才に、久乃が詰め寄る。

「父上、皆様を騙していたのですか」

大きなため息をついた睦才は、世話をしていたおこんに拝《おが》むように合わせた手を向けてあやまった。左近と東洋たちにも、平あやまりした。そして、宗庵に深々と頭を下げる。

「わしを治そうと手を尽くしてくださるのを見て、心苦しゅうござった。芝居はここまで。まことに、申しわけない」

宗庵はがっかりした様子で、東洋に言う。

「二人揃って芝居を見抜けぬとは、わたしらも、まだまだですな」

「いやはや……」

　東洋は苦笑いをして、睦才に問う。

「何ゆえ、ぼけたふりをしなさった」

　睦才は、申しわけなさそうな顔をした。

「殿の命で、一人娘を田子殿に嫁がせたのですが、妻とそれがしは寂しゅうて寂しゅうて、家の中は火が消えたようでした。そんな我らのこころの支えになったのが、そばに仕えておった喜一郎だったのです。親を早くに亡くした喜一郎は、久乃と同じ年頃だということもあって、家来ながらも、我が子のように可愛がっていたのです。その喜一郎の不忠を受け入れることがどうしてもできず、正気を失ったふりをして、悪事をやめるのを待っていたのです」

　そこまで語った睦才は、辛そうに目を閉じた。

　久乃が近づき、涙をこぼしながら睦才を責めた。

「今日まで、母上は生きていらっしゃると信じていました。喜一郎は、嘘を並べて、わたくしから薬代を受け取り続けていたと言うのですか」

「すまぬ久乃。すべて、わしが悪いのだ。浪々の身となってしまったのを恥じるあまり、己の足で娘に会いに行かず、喜一郎にまかせてしまったのがいけなかった。母の死に目に会わせなかったこと、このとおり、許してくれ」

「どうして！」

母を喪った悲しみをぶつけた久乃は、睦才の腕をつかんで揺すった。

「どうして芝居までして、喜一郎を改心させようなどと思うのです。父上を騙していたのですよ」

「性悪女に引っかかっただけだ。母上が逝《い》ってしまわれた時に、そなたが来ぬと言えと吹き込んだのも、性悪女だ」

「すべてわかっていて、どうして教えてくださらなかったのです。今日までどんな思いで薬代を渡していたか。わたしの気持ちは、どうでもよいのですか」

田子が言いすぎだとたしなめたが、久乃の怒りは収まらぬ様子。

睦才は背中を丸めて、頭を下げた。

「すまなかった。喜一郎がそなたに嘘をついて薬代を受け取っていると知った時、わしはどうしても、咎められなかった」

「それがどうして、ぼけたふりになるのですか」

「…………」

「世間様に、恥《はじ》をさらしたのですよ」

情けなさそうに言われて、睦才は恐縮しながら口にする。

「咎められぬが、なんとしても、そなたから金を騙し取るのをやめさせたかった。どうしたものかと思案し、ぼけた姿を見せれば、いずれそなたに伝わるのを恐れて、やめると思うたのじゃ」

「父上らしくもない浅知恵のせいで、皆様に大変な迷惑をかけたのですよ」

厳しく言われて、睦才はますます背中を丸めた。

「すまぬ。我が子と思うている喜一郎と、離れとうなかった。母上を喪って、寂しかったのだ」

父の切実な訴えに、久乃は何も言えなくなり、大粒の涙を流している。

左近は、控えている小五郎に目配せをした。

応じた小五郎が外に出て、険しい顔で道を走り抜けてゆく。

何も知らぬ喜一郎は、岡っ引きの新六宅で酒を飲み、同じ長屋に暮らす女と遊んでいた。

母を案ずる久乃に真実を伝えず薬代を受け取り続けていた喜一郎は、くすねた金を新六に分け与え、外を出歩くようになった睦才を見張らせていたのだ。

だらしのない格好で仰向《あおむ》けになっている女が、小判を見て微笑み、喜一郎の背中に頬を寄せて言う。

「まったくお前さんは、悪いお人」

新六が鼻で笑い、酒をがぶ飲みした。空けた茶碗を投げ置き、立ち上がった。

「ぼけじじいが医者にいるあいだ、おれは楽をさせてもらうぞ。今夜はお役目もねえからよ、ちょいと遊んでくる」

そう言って、喜一郎から受け取った小判を懐に入れて出ようとした時、土間に小五郎とかえでが現れた。

新六が睨む。

「誰だ、おめえたちは」

小五郎は無言で座敷に上がるなり、新六の腹に拳を食らわせた。

うっ、と呻《うめ》いた新六が、両手で腹を押さえて横に倒れ、

「息が、息ができない」

額に脂汗《あぶらあせ》をにじませて苦しんでいる。

喜一郎は突然の出来事に息を呑み、女は四《よ》つん這《ば》いで逃げようとした。

かえでが女の前に立ちはだかる。

見上げた女が、悲鳴をあげて喜一郎にしがみつこうとしたが、かえでが引き離

し、暴れる女を取り押さえた。

喜一郎は顔を引きつらせ、小五郎を見ている。

「一緒に来てもらうぞ」

厳しく告げた小五郎に背を向けた喜一郎は、柱にしがみついた。

三人を捕らえた小五郎が左近の前に戻ったのは、睦才と久乃がようやく落ち着きを取り戻した頃だった。

庭に座らされた喜一郎は、小五郎から真実を聞いておらず、睦才と久乃が座敷にいるのを見て驚愕《きようがく》した。

「だ、旦那様、まさか」

「そのまさかだ」

左近が睦才の芝居だったと言い、そのわけを話して聞かせると、喜一郎と新六は震えはじめ、必死に詫びた。

女は開き直り、

「あたしにゃ関わりのない話だ。帰しておくれよ」

なんともふてぶてしい態度に出る。

睦才が縁側に立って睨むと、女は身をくねらせ、小さくなって怖い物から目をそらした。

額を地面に打ちつけた新六が、命乞いをはじめた。

睦才は、無言で平伏している喜一郎に向けて口を開く。

「三人とも、どこにでもゆけ」

すると喜一郎は、咎められぬことに驚いた顔を上げた。

睦才が顔を背けながら続ける。

「その顔を二度と見せるな。気が変わらぬうちに失《う》せろ」

女が喜一郎に這い寄り、腕を引く。

「お前様、行きましょう」

喜一郎は手を払って立ち上がり、深く反省した面持ちで頭を下げ、久乃にも同じことをして足早に去った。

女は誰の顔も見ずに、喜一郎を追ってゆく。

新六は、皆にぺこぺこ頭を下げて行こうとしたが、睦才が止めた。

「待て！」

「ひっ」

びくりとした新六が、恐る恐る振り向く。

睦才は厳しい口調で言葉をかける。

「町の者を守る役目のくせに、わしを見張っておるのはわかっていた。正直に教えてくれ。喜一郎は、わしの行動を見ても、久乃を騙すのをやめる気はなかったのか」

新六は眉尻を下げ、はいと答えた。ふたたび頭を下げて行こうとする背中に、睦才が怒鳴る。

「十手を置いて行け！」

「はい！」

悲鳴のような返事をした新六は、懐から十手を出して睦才の足下《あしもと》に置き、走り去った。

大きな息を吐いた睦才は、肩を落とした。

「新見殿、わしは、息子を喪った気分じゃ」

左近は気の毒で、かける言葉もない。

すると、田子が出てきて、睦才の背後で片膝をついた。

「息子はここにおります。今日から、我が屋敷でお暮らしください」

思わぬ言葉に、睦才は驚いて振り向いた。

田子と久乃が並び、頭を下げるものだから、睦才は左近に顔を向けた。見る間に目に涙を浮かべ、呆然として言う。

「となると、ぼけてはおれぬな。のう、新見殿」

綱豊に対する睦才の態度に慌てた田子が止めようとしたが、左近が目で制した。

「ご隠居、よかったな」

左近が言うと、睦才は嬉しそうにうなずいた。

「夢を、見ているようじゃ」

第二話　鬼のお犬様

一

柳沢保明は、何かと対立していた冬木《ふゆき》相模守有泉《さがみのかみありずみ》が失脚して以来、公儀における権勢を揺るぎないものにしつつあった。出世への仕上げとも言うべき寛永寺根本中堂《かんえいじこんぽんちゅうどう》の落成《らくせい》は、間近に迫っている。

それをおもしろく思わぬのは、左近の侍講《じこう》、新井白石《あらいはくせき》だ。

この日、久々に西ノ丸をくだった左近は、本所《ほんじょ》に渡り、白石の私塾を訪ねていた。

集まる若者たちと白石の講義を聞き、儒学《じゅがく》の知識を高めたまではよかったが、終わったあとで二人きりになると、白石は表情を一変して曇らせ、左近に切り出した。

「柳沢殿の噂《うわさ》を耳にしましたが、また出世をなさるのはまことですか」

左近はうなずく。

すると白石は、顔をしかめた。

「かのお方が幕政を思うままにされれば、荻原《おぎわら》殿が笠《かさ》に着ましょうな。小判の改《かい》鋳《ちゅう》に味をしめておるようですから、次は、銀に混ぜ物をするなどと言い出すかもしれませぬ」

小判改鋳により金の価値が下がり、江戸の民のみならず、武家にも多少の混乱が生じているのは、左近も知っている。そうなるのを早くから予想し、改鋳を忌《い》み嫌っていた白石なりの見解であり、そうさせてはならぬと、左近に対する訴えだ。

だが、今の左近は綱吉と柳沢に対し、あまり強く物が言えぬ。

というのも、近頃の柳沢は、登城した左近に高圧的な態度で接するようになっており、意見など聞かぬどころか、敵対する恐れがある。

左近は、白石に真顔で言う。

「昨日登城した際に、上様から釘を刺された。おれと柳沢が揉《も》めれば喜ぶ者がいる。天下のために、仲ようやってくれと」

「仲よう、ですか」

「日ノ本のみならず、海の外にも目を向けているそなたの気持ちは痛いほどわかる。だが、あまり声を大にするな。今の柳沢は、恐れを知らぬ」

そこは白石、左近の立場を即座に見抜いたらしく、神妙な顔をした。

「わかりました。柳沢殿については、あれこれ申しませぬ」

「ご公儀がすることにも、口を閉ざせ」

身を案じる左近の言葉を、白石は聞き入れたものの、身を乗り出して言う。

「いずれ、上様は過《あやま》ちに気づかれる時が来ましょう。それまで、待ちまする」

左近は白石の目を見て、顎《あご》を引いた。

「今日は、よい講義であった。また来る」

「お待ちしておりまする」

頭を下げて見送る白石の私塾を出た左近は、岩城《いわき》道場へ足を運んだ。

勝手に上がり、木刀が激しくぶつかる音と、門弟たちの気合を聞きながら道場へ行くと、見所《けんぞ》に座して稽古《けいこ》を見守っていた泰徳《やすのり》が気づき、笑みを浮かべて顎を引く。

応じた左近は見所に行き、泰徳とあいさつを交《か》わして座し、門弟たちの稽古を見物した。

甲斐無限流《かいむげんりゅう》は、戦国の世に戦場《いくさば》で生まれた剣術だけに、ぶつかり合う門人《もんじん》たちの技は激しい。

古参の門弟に挑《いど》み、あえなく飛ばされた若い門弟が左近の前まで仰向《あおむ》けに滑ってくると、悔しそうな顔で立ち上がり、

「まだまだ！」

負けず嫌いをむき出しにして向かってゆく。

左近は、師範代の西崎一徳《にしざきいっとく》が相手をしている男児に目をとめ、泰徳に言う。

「雪松《ゆきまつ》は、大きくなったな」

すると泰徳は、微笑《ほほえ》んだ。

「九つにしては身体が大きいから、そう見えるだけだ。剣のほうは、まだまだ幼《おさな》い」

「なかなかよい筋だと思うが」

泰徳は息子を褒《ほ》められ、素直に嬉しそうな顔をした。

「どうだ、久しぶりに汗を流さぬか」

「そう思い立ち寄った」

左近がそう言うと、泰徳が稽古を止めた。

門弟たちが左右に分かれて見物する中、左近は泰徳と木刀を取って中央で向き合い、一礼して正眼《せいがん》に構える。

葵一刀流《あおいいっとうりゅう》の達人である左近と、甲斐無限流の泰徳とのぶつかり合いは、見物する門弟たちを圧倒する。

手強い左近を相手に、泰徳の本気を初めて目の当《ま》たりにした雪松は、目を輝かせて見入っている。

泰徳の攻撃を受け流した左近は、振り向きざまに木刀を打ち下ろす。泰徳の額《ひたい》に当たる寸前でぴたりと止めた時、微笑む泰徳の木刀は、左近の右腹に紙一重《かみひとえ》で止まっている。

相打ちを見た門弟たちがどよめき、左近と泰徳は稽古を終えた。

汗を流した左近は、泰徳の妻お滝《たき》の手料理を楽しみながら、酒を酌《く》み交《か》わした。

泰徳の近頃の関心は、白石とは違い、町に増えた犬に向けられていた。

生類憐みの令は年々項目が増やされ、生き物の殺生《せっしょう》は厳しく罰せられている。

特に犬に関しては厳しく、庶民が多く暮らす町では、人の命よりも大事にされる傾向にあるのを憂《うれ》えていた。

泰徳は左近に酒を注ぎ、ぼそりとこぼす。

「ご公儀の犬小屋には五万匹近く収容されていると聞くが、町の犬は増えるばかりだ。人もむやみに追い払えぬため、このままではいずれ、弱い者が嚙《か》み殺されはしまいかと案じている」

確かに泰徳が言うとおり、深川《ふかがわ》と本所まで犬小屋の手が回っておらぬらしく、野良犬が増えている。

左近も大川《おおかわ》を渡るたび気にしていただけに、泰徳の気持ちがよくわかった。

「くれぐれも気をつけるよう、家の者に言うてくれ」

すると泰徳が、険しい面持《おもも》ちを向けてきた。

「おぬしの力で、なんとかならぬか」

内容は違うものの、白石に続いて苦言を呈された左近は、苦い笑みを浮かべた。

「犬に対する上様のお気持ちは、鶴《つる》と同じで揺るがぬ。おれが申し上げても変わらぬ」

「鶴か」

泰徳は酒を飲み、ひとつ息を吐いた。

左近が言う鶴とは、綱吉の娘の鶴姫《つるひめ》を指している。

娘を溺愛《できあい》する綱吉に忖度《そんたく》した公儀の者たちが、商家が屋号に鶴を使うのを禁じ、人の名ですら変更させた。むろん、鶴の殺生をした者は死罪にされる。

長引く生類憐みの令と、犬と鶴など、将軍と娘に関わる物への厳しい決めごとは、人々の暮らしを窮屈《きゆうくつ》にしており、民たちのあいだに溜《た》まっている鬱憤《うつぷん》は、目に見えぬ暗い影を落としつつある。

犬に関わる災難が己の身に迫ろうとしているのを、この時の左近は、まだ気づいていなかった。

二

泰徳と白石から厳しい意見を言われても、

「柳沢の天下」

と言われるようになりつつある幕政に口を出さぬ左近は、本所から戻った翌日からはお琴の家に泊まり、安穏《あんのん》と過ごしていた。

しかしながら、登城をせぬわけにはゆかず、五日目の夕方には西ノ丸に戻り、例のごとく待ち構えていた間部詮房《まなべあきふさ》と共に、夜遅くまで藩政に務めた。

深夜に書類をすませた左近は、間部が下がると一休みするべく床に入り、眠りに就《つ》いた。

どれほど時が経《た》った頃か、馬に乗ってお琴と野駆《のが》けをする夢と、廊下を走る足音が重なり、左近は目をさました。

寝所はまだ暗かったが、近づく足音は確かにある。

何ごとかと思い起き上がった時、廊下で小姓の声がした。

「殿、ご家老が火急の用向きにて、お目通りを願われてございます」

外障子が白みはじめている。

この時分に又兵衛が来るのは、よほどの用だ。

「通せ」

左近が許すと、障子が開けられ、又兵衛が入ってきた。

「殿、早朝に申しわけありませぬ」

「何があった」

又兵衛も焦《あせ》ったらしく、小袖《こそで》を着流した軽装だ。

上段の間に近づいて正座した又兵衛は、西ノ丸の大手門《おおてもん》前で御家人が犬を殺し、その場で自害して果てていたと伝えた。

「夜中に腹を切ったらしく、門番が気づいた時には、冷たくなっていたそうでございます」

又兵衛はそう付け加え、持っていた物を差し出した。

「これは遺書かと思われます。お目に入れるか迷いましたが、隠せば殿に叱《しか》られると思い、持ってまいりました」

近頃の又兵衛は、左近に従順だ。

小姓が蠟燭《ろうそく》に火を灯《とも》すのを待った左近は、表に西ノ丸様、裏に木城政重《きしろまさしげ》の名前が記された遺書を受け取り、開いて目を通した。

綴《つづ》られていた内容は、眉間《みけん》に皺《しわ》を寄せずにはいられないもの。

木城の訴えはこうだ。

五日前、木城の息子左馬之介《さまのすけ》が、町の女児に嚙みついた犬をたたいて追い払ったところ、たまたま通りかかったお犬見廻り組《いぬみまわりぐみ》の頭《かしら》の犬養光忠《いぬかいみつただ》の目にとまり、ひどく咎《とが》められたあげくに、棒で打ち殺されたという。

読み終えた左近は、又兵衛に問う。

「そなたは、これに目を通したのか」

「いえ、見ておりませぬ」

「西ノ丸の門前での自害ゆえ、いずれ、柳沢から呼び出しがあろう。目を通しておくがよい」

「はは」

引き取った又兵衛は、読み進めるうちからみるみる表情を曇らせ、遺書を畳《たた》みはじめた時には、思い悩むような顔をした。

「骸《むくろ》はいかがした」

問う左近に、又兵衛は申しわけなさそうな顔で答える。

「まさかこのような遺書とは思いもせず、門内に入れ、目付役《めつけやく》を待っておるところです」

「遺書に書かれているのが事実ならば、木城の縁者よりも、町の者が黙っておらぬはず」

左近は控えている小姓に、犬を殺《あや》めた罪人として粗末に扱わず、家に送るよう目付役に伝えさせた。

すると又兵衛は、心配そうな顔を左近に向けた。

「殿、そこを心配している場合ではございませぬぞ。まさか、鵜呑《うの》みにされて動かれるおつもりではありますまいな」

「案ずるな」

「いいえ、そのお顔を見るに、ご立腹されておられますから心配です。よろしいですか、犬養光忠なる者は、犬養という苗字《みようじ》を気に入られた上様の肝煎《きもい》りで、お犬見廻り組の頭に抜擢《ばってき》された人物です。手出しはなりませぬぞ」

左近は、あえて笑ってみせた。

「案ずるなと申したであろう。余《よ》はこの一件には関わらぬ」

「まことですな」

「ところで又兵衛、余は犬養なる者を知らぬが、そなたはどうなのだ」

念押しに答えず話をそらす左近に、又兵衛は疑いの目を向けながらも言う。

「話したことはございませぬが、噂では、厳しい取り締まりにより、町の者からは、鬼のお犬様、と言うて恐れられているそうです」

「鬼のお犬様か」

江戸の町人らしい揶揄《やゆ》にも聞こえた左近の頭に浮かんだのは、酒に酔った権八の顔だ。

「木城は、何歳くらいの者か」

「見た目は、二十代後半から三十といったところでした」

「では、子はまだ元服《げんぷく》もしておらなんだであろう。残された家族を思うと気の毒だ。見せしめのように打ち殺すとは、むごい仕打ちをする」

「殿……」

「案ずるな、関わらぬ」

又兵衛が何か言おうとしたが、先ほどの小姓が戻って声をかけてきた。

「目付役に伝えました」

又兵衛が問う。

「承知したか」

「西ノ丸様の仰《おお》せなれど、目付役は昨夜から木城を捜していたらしく、犬を殺めておるゆえご公儀にうかがうと申して引きあげました」

「骸は」

「引き取りはしました」

又兵衛は小姓に、解《げ》せぬと言った。

「昨夜から捜していたとはどういうことじゃ」

「目付役は、木城が息子の仇《かたき》を取るとの報を受け、警戒していたそうです」

そこへ、別の小姓が来た。

「ご家老様、柳沢様より使者がまいり、急ぎ登城せよとのお達しです」

「用向きは」

「木城殿についてだそうです」

又兵衛は舌打ちをした。

「今日は宿直《とのい》であったか」

「それにしても、早いと思わぬか」

左近が言うと、又兵衛は渋い顔で答える。

「西ノ丸大手門前は騒ぎになっておりましたから、即座に伝わったのでしょう」

「では急げ」

促《うなが》す左近に、又兵衛は元大目付の目を向ける。

「殿、約束ですぞ。それがしが戻るまで、一歩も西ノ丸から出てはなりませぬ」

「しつこいぞ又兵衛。余は朝から、間部と藩の政《まつりごと》をする。心配せずに早く行け」

「はは、身支度を整えて出ます」

又兵衛は頭を下げ、寝所から出ていった。

外はすっかり明るくなっている。

左近は、言葉どおり藩政に戻るべく、間部が来る前に身支度をはじめた。

三

登城した又兵衛は、茶坊主の案内で柳沢の部屋に通されるかと思いきや、奏者《そうじゃ》番《ばん》により、中奥《なかおく》御殿の小座敷に通された。

綱吉は朝餉《あさげ》の最中であり、傍《かたわ》らには、厳しい面持ちをした柳沢が座し、又兵衛を待っていた。

「遅いぞ」

開口一番、不機嫌に柳沢から言われた又兵衛は、そこは年の功《こう》をもって慌《あわ》てず、綱吉に平伏《へいふく》して詫《わ》びた。

「まさか上様のお召しとは夢にも思わず、西ノ丸の諸事をすませてまいりました。どうか、平にご容赦《ようしゃ》願いまする」

綱吉は箸《はし》を止めず、器《うつわ》を持って飯を口に入れている。その表情は、穏やかではない。

柳沢が、厳しい顔で又兵衛の前に書状を置いた。

「西ノ丸の諸事とは、これのことか」

言われて顔を上げた又兵衛は、書状を見て目を見張った。木城政重の名が記されていたからだ。手に取った又兵衛は、表に返してみた。宛名は記されていない。

柳沢が続ける。

「呼び出したのは他でもない。西ノ丸大手門で、けしからぬ真似《まね》をしてくれた者についてだ」

「これは、遺書ですか」

「読んでみよ」

「はは」

目を通した又兵衛は、渋い顔をする。

遺書のくくりには、左近にけしからぬ犬養を成敗してくれと書かれていたからだ。

柳沢が訊《き》く。

「西ノ丸様に、その遺書は届いておるのか」

又兵衛は返答に窮《きゅう》した。

柳沢が問い詰める。

「隠し立てするのか」

「いえ、それがしがお渡ししました。されど、解せませぬ。何ゆえ同じ物を、柳沢様がお持ちなのですか」

すると柳沢は、又兵衛の目を見た。

「木城を捜していた目付が、今朝方届けてきた。屋敷を見張っていた時、下男が騒いだゆえ中に入ったところ、奥方が息子の位牌《いはい》の前で自害しておった。その時に、書き損じと思《おぼ》しきそれを見つけたのだ」

奥方の自害を知った又兵衛は、気の毒そうな顔をして目を閉じた。

「さようですか」

柳沢は問う。

「そこに書かれているように、木城が西ノ丸様に嘆願《たんがん》するのは、西ノ丸様が生類憐みの令をよく思われておらぬ証《あかし》であろう」

「何をおっしゃいます。あり得ませぬ」

又兵衛はきっぱりと否定するも、柳沢は疑いを解かない。

「では何ゆえ西ノ丸様は、罪人とも言うべき木城を手厚く葬《ほうむ》れと申された」

耳が早い柳沢に、又兵衛は毅然《きぜん》とした態度で答える。

「他意はありませぬ。西ノ丸様の、武士の情けにござる」

「そう申せばすまされると思うてか」

「はっきり申し上げます。こたびの件は、木城が勝手にしたのであって、西ノ丸様が責められる道理はまったくございませぬ。行動を起こすと知っておきながら、木城が西ノ丸に来るのを止められなんだ目付役こそ、咎められるべき。さらには、遺書にありましたように、木城がお犬様を殺めるにいたる元を作った者こそ、反省すべきかと。ここで西ノ丸様を責められるのは、言いがかり以外の何物でもございませぬ」

柳沢は又兵衛を睨《にら》んだ。

「お犬見廻り組のせいだと申すか」

「子を打ち殺したのは、やりすぎだと申しておるのです」

「黙れ！」

「もうよい」

柳沢を止めたのは、綱吉だ。

決して逆らわぬ柳沢は、口を閉じて頭を下げた。

綱吉が食事を終え、茶を飲んだあとに言う。

「そのほうが申すとおり、綱豊を責める道理はない。下がってよい」

「はは！」

又兵衛は、能面のように表情をなくした柳沢を一瞥《いちべつ》して綱吉に頭を下げ、西ノ丸に帰った。

左近もこの件には関わらぬと言い、これで木城の件は終わったと、又兵衛は近《きん》侍《じ》四人衆たちにこぼしていた。

ところが、終わってはいなかった。城の行事が終わった二日後に、ふたたび柳沢に呼ばれた又兵衛は、一人で登城した。

次に通されたのは、柳沢が普段詰めている部屋だった。

二人だけで対面した柳沢は、又兵衛に厳しい顔で、

「そのほうは附家老のくせに、綱豊殿に取り込まれたようじゃな」

嫌味をぶつけておき、薄笑いで言う。

「そのほうが申した犬養がしたことは、間違うておらぬ。木城の倅《せがれ》は、犬を痛めつけず、法が示すとおり水をかけて止めればすんだことだ。己の躾《しつけ》がなっておらぬのを棚《たな》に上げて逆恨《さかうら》みし、こともあろうに綱豊殿に直訴《じきそ》した木城を見逃すわけにはまいらぬ。よって、ただちに木城政重の墓を掘り、罪人として無縁墓地に移すと決まった」

又兵衛は驚いたが、今の法の下《もと》では、柳沢が正しい。

何も言えずにいると、柳沢が告げる。

「木城をねんごろに葬ったのは、目付役が西ノ丸様の顔を立ててのこと。これをご公儀が掘り返したのでは、上様と西ノ丸様の不仲を疑われる恐れがある。よって、木城政重を無縁墓に移すのは、そのほうがやれ」

又兵衛は反論せず、承知して下がった。

左近がいる西ノ丸に帰らず、神田橋御門外《かんだばしごもんがい》の自邸に戻った又兵衛は、家来たちを連れてその日のうちに木城家の菩提寺《ぼだいじ》に行き、木城政重を妻子が眠る墓から離して無縁墓に葬った。

すべてを終えた又兵衛から事後報告を受けた左近は、木城の無念に胸を痛めた。

目の前で首《こうべ》を垂れ、悔しそうにしている又兵衛に、左近が言い放つ。

「余は、柳沢の勝ち誇《ほこ》った顔を見とうない。明日の登城は、病欠とする」

又兵衛は慌てた顔を上げた。

「殿、そのような態度を取れば、上様に睨まれますぞ」

「お怒りを買い、西ノ丸を去れと言われるならば、そのほうがよい」

世継ぎと目《もく》されていた鶴姫夫妻に向けられる刺客を回避するために、頼まれて西ノ丸に入って命を張っている左近は、恐れる物がない。むしろ、元の暮らしに戻れるなら都合がよいのだ。

又兵衛は、左近の心中を探るような目を向けて言う。

「殿、それがしのために、たてつくような態度を取られてはなりませぬ。そのお気持ちだけで、十分でござる」

「余は本気だ」

真面目な顔で言う左近に、又兵衛は渋々、病欠の届けを出すことを承諾した。

「やれやれ、今日は忙しいのう」

又兵衛はそう言いながら、本丸御殿に向かったのだが、前から犬養光忠が来るのを見かけた。同輩と思しき者と何やら真剣に話している様子を見た又兵衛は、坂をのぼるのをやめて、石垣の角に身を隠した。

犬養は又兵衛に気づかず、話を続けながらくだっていく。

話の内容を聞いた又兵衛は、届けを出さずに戻り、左近の部屋へ急いだ。

間部と藩政に務めていた左近は、犬養は潔白《けっぱく》だと訴える又兵衛の話を聞き、いっぽうでは書類に目を通し、花押《かおう》を記した。

書類を引き取った間部が確かめ、これでよろしゅうございます、と頭を下げた。

下がらず話を聞こうとしている間部から顔を転じた左近は、又兵衛に問う。

「確かに、本人の口から聞いたのか」

「まだ耳はよう聞こえます。間違いありませぬ」

「そなたが申したとおりならば、木城の息子が誰に打ち殺されたのか、調べる必要があるとは思わぬか」

又兵衛は困惑した顔になった。

左近はさらに言う。

「犬養と、会《お》うて話せぬか」

「それでは、上様に角が立ちます。終わったことですから、関わるのはおやめください」

「では、何ゆえ余に教えた」

「それは、隠しておれぬからです」

左近は又兵衛の本心を探るべく、目を見つめた。いつになくこころがざわついているらしく、目の運びに落ち着きがない。

「まことに、それだけか」

問うと、又兵衛は目を合わさずに答える。

「真相を明らかにしても、木城家にはもはや、誰もおりませぬ。犬養殿と会うのは、おやめください」

平身低頭《へいしんていとう》して願う又兵衛に、左近は折れた。

「わかった。そなたの申すとおりにいたそう。間部、次の書類を」

応じた間部が、農村から出ている溜池《ためいけ》の普請《ふしん》にかかる資金援助について、国老が承諾した旨《むね》を伝える書類を出した。

目を通すまでもなく間部が口頭で伝えるのみの事案を、左近は黙って聞きながら、別の書類に目を通している。

ふと気づいた左近は、又兵衛に問う。

「病欠の届けは出したのか」

又兵衛は額を手で打った。

「うっかり忘れておりました」

わざとだと思った左近は、笑って言う。

「まあよい。黙って登城いたそう」

「はは。ではその運びで支度をいたします」

又兵衛はそう言うと下がった。

間部が訊く。

「まことに、捨て置くのですか」

「気にはなるが、生類憐みの令に関わることゆえ、又兵衛が案じておる」

「殿が引かれるとは、珍しいですね。何かお考えあってのことですか」

「勘ぐりすぎだ。何もない」

笑って言った左近は、次の書類を出させ、夜遅くまで政務に励《はげ》んだ。

左近に他意はなく、この件には関わらぬつもりでいた。ところが翌日、登城の役目を終えて西ノ丸に戻ろうとしていた左近は、綱吉に呼ばれ、迎えに来た奏者番に従い、中奥御殿の御座《ござ》の間《ま》に向かった。

十八畳の下段の間に入ると、上段の間に座す綱吉に向かって柳沢が座しており、奏者番が左近が来たことを告げると、綱吉は柳沢に下がるよう命じた。

応じた柳沢が頭を下げて立ち、左近には軽い会釈《えしゃく》程度に頭を下げたものの、向ける目は厳しい。

「綱豊、近う」

綱吉に言われた左近は、上段の間のすぐ手前で向き合って正座した。

頭を下げる間もなく、

「犬養を悪と決めつけ、探っておるそうじゃな」

綱吉が厳しい顔で問うてきた。

左近が身に覚えがないと言っても、綱吉は不機嫌なままだ。

「そちが生類憐みの令をよう思うておらぬのは知っておる。例のごとく、子を打ち殺した犬養を悪人として、斬るつもりであろう。逆らう気ならば、余にも考えがあるぞ」

左近はまったく動じず、遠慮なく綱吉の目を見た。

「犬養と木城の件は、関わらぬと決めておりました。されど、こうしてあらぬ疑いをかけられたからには、捨て置けませぬ。誰かが、上様とこの綱豊の仲を裂こうとたくらんでおるとしか思えませぬ」

綱吉は左近と目を合わせたまま立ち、上段の間を下りてきた。

頭を下げる左近の前に来て、膝《ひざ》を突き合わせて声を潜《ひそ》める。

「柳沢が、そちを許すなと申しておる」

左近は頭を上げ、ふたたび綱吉の目を見て応《こた》える。

「上様が望まれるならば、甘んじて罰を受けましょう。桜田の上屋敷にて、沙汰《さた》を待ちまする。では、ごめん」

下がろうとする左近に、綱吉が顔をしかめて言う。

「西ノ丸を出ると脅《おど》せば余が何もできぬと思うのは、綱豊、そのほうらしくもない浅はかな考えだぞ」

「正直な気持ちを申し上げたまで」

左近が真顔で言うと、綱吉は荒い鼻息をついた。

「余が見抜けぬと思うな。西ノ丸が犬養を探っているという噂を流したのは、誰でもないそのほうであろう」

「なんのために、噂を流したとお考えですか」

「犬養を戒《いまし》めるためじゃ。違うか」

左近は、含んだ笑みを浮かべた。

すると綱吉は、悟《さと》ったような笑みを見せた。

「正直に申せ」

「お答えする前に、ひとつお尋ねします」

「許す」

「上様は、犬養が木城の子を打ち殺したとお考えですか」

「柳沢が本人に問うたが、否定したそうじゃ」

左近は顎を引いた。

「ではお答えします。上様がもっとも力を入れていらっしゃる法を笠に着、悪用する者を見逃してはならぬと思うたまでのこと。犬養が潔白ならば、息子を殺した者がおりまする。そこを突き止めるべきかと」

「そのほうは、犬養をどう見ておる。疑っておるのか」

「まだ、なんとも」

「潔白とは、思わぬのだな。もうよい、下がれ」

左近は従い辞そうとしたが、綱吉が命じる。

「沙汰があるまで、西ノ丸を出てはならぬぞ」

痛いことを言われたが、左近は神妙に従い、綱吉の前から下がった。

本丸の表御殿で控えていた間部には、帰って伝えるつもりで西ノ丸に戻ると、左近の部屋で待ち構えていた又兵衛が、着替えもさせずに訊く。

「殿、上様のご用向きは何でございます」

「耳が早いな」

「先に知らせに戻った者から聞きました」

「そうか。余が犬養を探っている噂を耳にされたらしい」

又兵衛は驚いた。

「殿はあれ以来、城から出ておられませぬのに、何ゆえそうなるのです」

「誰かの噂を、真《ま》に受けられたのであろう。沙汰があるまで外へ出るのを禁じられた」

「沙汰ですと。沙汰とはなんです、沙汰とは。まるで罰を与えられたようではないですか」

「そう怒るな。上様が外出を止められたのは、噂の出どころを怪《あや》しんでおられるからだ。城でおとなしくしておれば、柳沢が手出しできぬとお考えのうえであろう」

又兵衛は、元大目付の眼差しになった。

「上様は、噂は柳沢殿の策とお考えですか」

「余の憶測にすぎぬ」

「近頃の柳沢殿は、上様より人望がある殿を疎《うと》んじておられる様子が垣間見《かいまみ》えますから、あり得ます。殿も感じていらっしゃるから、お疑いなのでは」

すると、これまで黙って聞いていた間部が口を挟んできた。

「殿が西ノ丸を出られれば、困るのは上様です。それをわかっていて、柳沢殿が殿を陥《おとしい》れる策を弄《ろう》されるとは思えませぬが」

又兵衛が反論する。

「鶴姫様は今落ち着いておられる。むろん、殿が世継ぎとして西ノ丸におられるからじゃが、鶴姫様がおられる紀州《きしゅう》の江戸屋敷が、警固《けいご》をより厳重にしておるのも大きい。それを知る柳沢殿は、内心では、そろそろよいと思うておるかもしれぬであろう」

間部が厳しい顔を向けた。

「よいというのは、殿が西ノ丸におらずともよい、という意味ですか」

「他に何がある」

柳沢に対する怒りを隠さぬ又兵衛に、左近は笑った。

又兵衛が目を見開く。

「殿、笑いごとではありませぬ」

「余は先ほど、上様に桜田の屋敷で沙汰を待つと申し上げたが、却下された。こたび柳沢が策を弄したとしても、出られそうにない」

「それを先におっしゃってください」

安堵《あんど》の息を吐いた又兵衛は、間部にうなずく。

「柳沢殿の天下と申す者がおるが、殿と上様の仲を裂くまではできぬようじゃな。殿、お疲れのところ邪魔をしました。どうぞ、お着替えくだされ」

又兵衛は満足したように、部屋から出ていった。

見送った間部が、薄い笑みを含んだ顔で口を開く。

「又兵衛殿は、殿がこのまま本丸にお入りになるのを望まれていますから、近頃の柳沢殿を警戒しておられるのでしょう」

「それはそれで、困ったものだ。そなたも知ってのとおり、余は将軍になるつもりはない」

「先日、新井白石殿に講義の日程を相談しにまいりました時、世の中は殿を求めていると申しますから、口を閉ざすよう言いつけました。すると白石殿は、鶴姫様をお守りする手助けをしておるのだと笑っておりましたが、度が過ぎますと、柳沢殿の心中は穏やかならざるかと」

左近は、柳沢の気持ちがわかるだけに、間部に微笑んだ。

「今の難しい立場から脱するためにも、上様には早う、綱教《つなのり》殿の世継ぎを天下に宣言してほしいものだ」

間部がうつむき気味に言う。

「その綱教殿に関して、殿には悪い知らせがございます」

「今日は紀州侯《きしゅうこう》（二代藩主光貞《みつさだ》）の姿を見ておらぬが、何かあったのか」

「先ほど本丸に控えていた時、耳にしたのですが、光貞侯はすでに隠居され、去る四月二十二日付けで、綱教侯が三代藩主になられたそうです」

「余は聞いておらぬうえに、本日の登城に、綱教殿の姿はなかったが」

「風邪《かぜ》を召され、大事を取って休まれたそうです」

「光貞殿が隠居だと……」

左近は、にわかに信じられず、肩を落とした。

「おそらく、上様のご意向かと」

「鶴姫を守るためか」

「これで、偽《いつわ》りとは申せ、殿が世継ぎであることが諸大名にますます印象づけられます。もっと申せば、桂昌院《けいしょういん》様が上様のご嫡子《ちゃくし》を望んでいらっしゃるあいだは、綱教殿の世継ぎは、ないものと存じます」

見識が高い間部らしい意見に触れた左近は、綱吉が子宝に恵まれるのを祈願しようかとまで考えた。

「又兵衛は、まだ知らぬのか」

「本日の登城で皆に知らされる予定だったそうですが、綱教殿の病欠で、次回に延ばされたそうです。又兵衛殿には、あとで伝えます」

「又兵衛は、喜びそうな気もするが」

左近はそう思ったが、あとで事実を知った又兵衛は左近に、

「紀州の事情はよう知りませぬが、天道《てんどう》というものは、人智《じんち》が及ぶところではござりませぬ」

すなわち、進むべき道は決まっているのだと満足そうに言い、左近と間部を閉口させた。

四

二日後、柳沢が左近を訪ねてきた。

書院の上段の間に入った左近に対し、柳沢は下段の間を進み、すぐ近くで向き

合って座りなおし、いつになく穏やかな顔で頭を下げた。

同座している又兵衛が、左近を見てきた。油断するなと、目で訴えている。

左近はまず、昨日知った祝い事に触れた。己ではなく、柳沢のだ。

「朝廷より、内示があったそうだな」

「おそれいりまする。お披露目《ひろめ》は、来月になろうかと存じますゆえ、今は内密に」

釘を刺された左近は、祝いの言葉を述べるのを控えた。

「して、今日は」

紀州綱教の話かと左近は思っていたが、柳沢は厳しい表情で口を開く。

「木城の件で、ご報告に上がりました。それがしも気になり調べましたところ、犬養に落ち度はありませぬ。よって、この件は終わりにせよと、上様からお達しがございました」

そう仕向けたのはそのほうであろうと言いたいのを、ぐっとこらえた左近は、庭を向いた。

「あいわかった」

すると柳沢は、探るような顔をした。

「まことに、納得しておられますか」

又兵衛が怒気《どき》を浮かべて、柳沢に物言おうとするのを左近は止め、自ら問う。

「何が言いたい」

「お忍びで城を出て真相を探られるのが綱豊様ゆえ、ふと、不安に思うたまで」

「それだけか」

目を見る左近に対し、堂々とした態度の柳沢は遠慮なく言う。

「根本中堂の上棟式《じょうとうしき》が間近に迫っております。くれぐれも、市中で騒動を起こされませぬよう、お静かにお過ごしくだされ」

「そなたは、上棟式のために真相を暴《あば》くなと申すか」

「そういう意味ではありませぬ。ただ、役目を果たしたにすぎぬ犬養を悪とし、追い詰められるのではないかと案じたのです。何せ犬養は、忠義に厚い男ですから、たとえ相手がそなた様であろうと、上様の世に異を唱《とな》える者は容赦しませぬ」

又兵衛が尻を浮かせて、不満をぶつける。

「柳沢殿、容赦せぬとは、どういう意味か」

「口にせずとも、綱豊様はご理解くださるはず」

落ち着きはらった中に、鋭い棘《とげ》があるのを感じた又兵衛は閉口する。言えば言うほど、左近の立場が悪くなると思うからだ。

左近が笑った。

「二人とも、そう目くじらを立てるな。木城の件は、承知した」

柳沢は薄い笑みを浮かべて左近に頭を下げ、帰っていった。

廊下に出て後ろから睨んでいた又兵衛が、左近の前に来て言う。

「なんたる態度。あの者は、己が将軍にでもなった気でおりますぞ。殿、何ゆえ穏やかに相手をされるのです。殿は徳川宗家のお血筋なのですから、柳沢ごとき、黙れ馬鹿者！　と、それくらい言うてやってもよいお立場なのですぞ」

なおも不服を並べる又兵衛の気持ちが収まるまで聞いてやった左近は、四半刻《しはんとき》(約三十分)後に解放された。間部が来て、領地の政について相談があると言ったからだ。

政はほぼ終わっているはずだが、間部が助け船を出してくれたのだ。

居室に戻った左近は、間部に微笑みながら礼を言った。

「おかげで助かった」

間部は真面目な顔で応える。

「又兵衛殿は、近頃の柳沢殿の態度がよほど腹に据《す》えかねておられるご様子」

「柳沢と余の関係は、今にはじまったことではない。余がまだ、綱吉公と並んで五代将軍と目されていた時からの腐れ縁だ。又兵衛が余のことで熱くなってくれるのと同じで、柳沢も、長らく支えてきた綱吉公のために熱くなる」

「お話を聞き、ますますお二人がこの先、大きく衝突されはすまいか心配になってきました」

「案ずるな。又兵衛は、おれの尻をたたいているだけだ」

砕《くだ》けた言い方をする左近に、間部は微笑んでうなずいた。

左近は両手で膝を打った。

「さて、沙汰もあったことゆえ、おれは雲隠れを決め込むといたそう」

「お琴様のもとへ行かれますか」

「うむ。三日留守にする。あとを頼むぞ」

「承知いたしました」

いつもの藤色の小袖に着替えた左近は、一人で西ノ丸をくだり、お琴の店に行った。

五

この日、浅草花川戸町《あさくさはなかわどちょう》の通りを、紋付袴《もんつきはかま》を着けた若侍が歩いていた。

名を矢敷幸之進《やしきこうのしん》といい、歳は十四歳。元服を来年に控えた若者は、御家人の父と二人暮らしの寂しさを微塵《みじん》も見せず、明るい性格だった。

御家人だが無役の父平九郎《へいくろう》は、暮らしの足しにするため、町の子供たちに読み書きを教えている。父を手伝って幼い子供に字を教えている幸之進は、熱を出して休んだ子供に薬を届けるよう父に言われて、花川戸町に来たのだ。

この通りには以前、お琴の店があった。

あれから幾度か店が変わり、今は行列ができる甘味処《かんみどころ》になっている。

そんなことを知る由《よし》もない幸之進は、甘味処に並ぶ者たちを見ながら北へ向かって歩き、少し先にある男児が暮らす家に急いでいた。

隣町に入り、商家のあいだにある道を大川のほうへ曲がった時、激しく吠《ほ》える犬の声と、女児のものと思しき悲鳴が聞こえた。

幸之進が走っていくと、七、八歳くらいの女児が赤犬に吠えられ、川岸に追い詰められていた。

足を踏みはずせば大川に落ちてしまう。

周囲に大人はいるが、

「お犬様に手出しはできないから、川へ飛び込め」

そう、女児に言っている。親はいないようだ。

女児は泣きながら川を見たが、泳げないのか、身をすくめている。

激しく吠えていた犬が、女児が目を離した途端に、足に噛みついた。

悲鳴をあげて倒れた女児の恐れた顔を見た幸之進は、考えるよりも先に身体が動いていた。

「くそ犬め！」

路地に落ちていた棒切れで犬をたたくと、きゃん、と鳴いた犬は逃げていった。

頬《ほお》を濡らした女児は泣くのをやめて、驚いた顔で幸之進を見た。

「おい、逃げるぞ」

大人たちは血相を変えて去り、その中の一人が幸之進に振り向いて言う。

「お前さんも早く逃げろ」

その意味がわかっている幸之進は棒を捨て、女児を立たせようと手を差し伸べたが、女児は大きな目をさらに見開いた。

「おい！」

大声が背後でした刹那《せつな》、幸之進は襟首《えりくび》を強い力で引かれた。仰向けに倒れた幸之進が見たのは、目の前に突き出された、赤と黒が鮮《あざ》やかな馬の鞭《むち》だった。

目を見張る幸之進が耳にしたのは、

「鬼のお犬様だ」

という、逃げる町の者たちの声だった。


二日続けて降った雨がようやく上がり、西ノ丸大手門前には、内堀から流れた靄《もや》がかかっていた。

六尺棒《ろくしゃくぼう》を持った門番の二人は、空が白みはじめた頃に同輩と交代し、無言のまま、目はまっすぐ前に向けている。やがて夜が明けていき、門前の橋が見えるようになってきた時、橋の向こうにある広場に、裃姿《かみしもすがた》で正座する者がいた。木城政重が自害した姿を見ていた門番の二人は、悪い予感がしたのか、互いの顔を見て、持ち場を離れて橋に歩む。そして、首《こうべ》を垂れてぴくりとも動かぬ姿に目を見張って引き返し、大声で人を呼んだ。

間部に起こされた左近は、犬養を罰してくれと懇願《こんがん》する矢敷平九郎の遺書に目を通し、またしても親子を襲った悲劇とも言うべき事態に嘆息《たんそく》した。遺書には、犬養に引っ立てられた一人息子の幸之進が、撲殺《ぼくさつ》されたと記されていた。

「女児を噛んだ犬を追い払って、何が悪いというのだ」

捨て置けぬ左近は、西ノ丸に犬養を呼ぼうとしたが、寝所に又兵衛が来て止めた。

「殿、犬のことには、関わらぬほうがよろしゅうござる」

「またしても、西ノ丸の門前で自害したのだぞ」

「なればこそ、犬養を呼びつけてはなりませぬ。取り締まりは厳しくなるいっぽうですから、犬養を呼んだ噂が広まれば、第三、第四の切腹者が出る恐れがあります。訴えても無駄だと世に知らしめるためにも、犬養を呼ぶのだけは、おやめください」

又兵衛の言うとおりかもしれぬと左近は思った。

門前で命を捨てての嘆願は、この先あってはならぬ。

左近は又兵衛の願いを聞き入れ、西ノ丸には呼ばなかった。

だが、犬養に対する疑念が消えぬ左近は、お琴の家に行くと言って西ノ丸をくだり、内密に、小五郎を神田の犬養家に行かせた。

戻った小五郎から、犬養が会うのを承知したと言われた左近は、夕方神田へ到着し、屋敷へ入った。

着流し姿で現れた左近に、犬養は戸惑った顔をしたものの、神妙に頭を下げた。

「無理を言うてすまぬ。面《おもて》を上げよ」

左近の声に顔を上げた犬養は、神妙な面持ちだ。

一刻(約二時間)後に屋敷を出た左近は、珍しく難しい顔をして、一人で夜道を歩んでお琴の家に戻った。


その数日後、矢敷家の断絶を又兵衛から知らされた左近は、胸を痛めた。そして翌日、月並みの行事で登城した際には、何ごともなかったかのように談笑している犬養を見かけ、左近はそちらに歩みを進めた。

気づいた犬養と旗本が口を閉じて大廊下の端へ寄り、平伏する。

他の旗本たちも頭を下げている中、左近は犬養の前で足を止め、声をかけた。

「犬養」

「はは」

「そのほうに問う。人と犬の命は、どちらが重い」

犬養は頭を上げ、左近に微笑んで答える。

「もっとも重きは、法にございまする」

「さようか。励め」

左近は、あからさまに落胆して言い、歩みを進める。

その様子を見ていた柳沢が、左近を追って声をかけた。

「西ノ丸様」

足を止めて振り向く左近に、柳沢は立ったまま頭を下げて言う。

「公《おおやけ》の場で犬養を責めるのは、いかがなものかと」

「犬養は、犬のことで人を殺めておらぬと思うていたが、どうやら違うていたようだ」

「関わらぬとおっしゃったはずですが、どういうことですか」

厳しい顔で問う柳沢に、左近が答える。

「矢敷親子の件で、気が変わったのだ。そのほうに問うが、犬を守り、人を軽んじるのが、上様が目指す世か」

柳沢は何も言わず、ただ、左近の目を見ている。

その目顔は、あきらめよ、と言っているように感じた左近は、

「ようわかった」

一言だけ残して立ち去った。

この時の様子は日を要さず広まり、その場に居合わせた大名旗本のみならず、江戸市中でも、左近と犬養の不仲が噂されるようになった。

六

数日が経ち、昼間の暑さが和《やわ》らいだ頃、一日の見廻りを終えた犬養は家来たちを先に帰し、浅草に暮らす友の家を一人で訪ねようと町中を歩いていた。

突然、慌てた様子で路地から出てきた女が、陣笠《じんがさ》を着けた犬養を見つけて駆け寄った。

「もしや、お犬見廻り組の犬養様でしょうか」

「いかにもそうだが」

「お願いです。うちの子が可愛がっていた子犬をお助けください」

「犬と聞いては捨て置けぬ。何があった」

「うちの子が表で犬と遊んでいましたところ、突然お侍が来て、犬がうるさいとおっしゃって連れていかれたのでございます。殺されるかもしれません」

犬養は、腰に差していた馬の鞭を抜いた。

「どっちに行った」

「案内します」

「急げ」

「こっちです」

来た路地を引き返す女は、町のはずれまで走ったところで、こんもりと茂る森を示した。

「あの中に、入っていきました」

犬養が森に近づくと、確かに子犬の鳴き声が聞こえてきた。

「人目につかぬところで殺す気だな」

犬養の言葉に女が動揺して、涙を浮かべて助けてくれと訴えた。

「ここで待っておれ」

犬養は女を置いて森へ分け入った。それを見た女が表情を一変させた。

何者かに騙《だま》されたとは気づかぬ犬養は、子犬の声がするほうへ進んでいった。

森は思ったよりも深く、途中からは栗林《くりばやし》になった。

まだ青い栗の木のあいだを進んでいると、背後から迫る気配に気づいて振り向いた。

いきなり打ち下ろされた一刀を、犬養は咄嗟《とっさ》に下がってかわす。栗の枝が落ちた先から、覆面を着け、単《ひとえ》を着流した剣客風の曲者《くせもの》が現れ、殺気に満ちた目を向ける。

「何者だ」

犬養の問いに、曲者は答えぬ。

犬養は馬の鞭を捨てて抜刀《ばっとう》し、正眼に構えた。

森から男の悲鳴が響き、女は腰を抜かさんばかりに驚いた。

「今の声はなんだい。まさか、殺したんじゃないだろうね。冗談じゃないよ。あたしは、関わりないからね」

横手にある木小屋に向けて言った女は、血相を変えて走り去った。

その木小屋から、覆面を着けた侍が出てきた。

無紋《むもん》の小袖を着流した侍は、逃げる女を捨て置き、森に分け入る。そして、薄暗い栗林に倒れている犬養を見つけ、生死を確かめるべく歩みを進めた。

「人殺しだ！」

栗林の中から声がしたほうに侍が顔を向けると、栗林の持ち主らしき町人が目を見張って下がった。

「命ばかりは、お助けを」

「騒ぐな！」

「だだ、誰か！」

「聞け！」

「誰か来てくれ！」

言うことを聞かぬ町人に、

「甲府藩主が悪を成敗したのだ。騒ぐでない」

侍はそう言いつけると、足早に立ち去った。

七

その後、栗林で倒れていた犬養の死は公にされず、町で噂が立つこともなかった。

左近はここ数日西ノ丸にとどまり、弓の鍛錬《たんれん》や学問に勤《いそ》しんでいた。

今日は新井白石を招き、間部をはじめとする左近の家来たちに受講させていたのだが、本所で暮らす白石からも、犬養の話は出なかった。

近頃白石は、左近の言いつけを守って公儀の批判をしなくなっている。

今日はおとなしく、家来たちには学問の話だけをして、左近と二人になった時も、柳沢のやの字も出ず、

「かえって、不気味です」

間部がそっと教えたとおりに、物静かだった。

左近は自ら茶を点《た》て、白石が飲むのを待って問う。

「何か心配ごとがあるのか」

すると白石は、膝下《ひざもと》に置いた茶碗を見つめて答えた。

「矢敷平九郎とは、親交がございました」

初耳の左近は、白石の心中を察して、気が重くなった。

「そうだったのか」

「どうもそれがしは、解せませぬ。平九郎は、いかに息子を理不尽《りふじん》に殺されたとて、西ノ丸の門前で腹を切るような大それた真似ができる者ではありませぬ。まして、殿に恨みを晴らしてほしいなどと、願うはずがないのです」

「しかし遺書は、矢敷の縁者が直筆だと認めたそうだ。先の木城に続き、余に訴えたのであろう」

「確かに平九郎は、木城殿の話をしておりました。ですが、殿にご迷惑がかかる

ような真似はいたしませぬ。何者かに、そう仕向けられたのではないでしょうか」

　まっすぐな眼差しを向けて訴える白石に、左近は真顔で問う。

「そう思うか」

「思いまする。これは、何者かの罠《わな》に違いありませぬ。お犬見廻り組など罰してもよいと思うそれがしですが、平九郎の訴えを鵜呑みにされてはなりませぬ」

「もう遅い」

　白石は愕然《がくぜん》とした。

「もう遅いとは、どういう意味ですか」

「犬養とはすでに、深く関わっておる」

　白石は焦りを隠さず言う。

「しまった。もっと早くお目にかかるべきでした。成敗されたのですか。殿らしくもない、早まったことを」

「落ち着け」

「落ち着いていられますか。柳沢殿が黙っておりませぬぞ」

「ふふ」

白石は口をあんぐりと開けた。

「何がおかしいのです」

「いずれわかる」

左近は笑みを消し、白石に真顔で言う。

「今一度訊く。矢敷平九郎は確かに、西ノ丸下で腹を切るような男ではないのだな」

「はい」

「では、遺書はどう説明する」

白石は、険しい顔で答える。

「何者かが、字を真似た物ではないかと」

できぬ話ではない。

左近はうなずき、白石の目を見て言う。

「ようわかった。矢敷家の汚名は必ずそそぐゆえ、待っておれ」

「何をなさるおつもりですか」

「いずれ、藪《やぶ》に隠れておる蛇《へび》が出てくる」

白石は真意を考える顔を見せたが、口に出しては問わず、私塾へ帰っていった。

綱吉から呼び出しが来たのは、白石が帰って間もなくだった。

左近は伝えた小姓を下がらせ、広縁《ひろえん》に出た。

「小五郎」

声に応じた小五郎が、左近の前に来て片膝をつく。

「どうやら蛇が出てきたようだぞ」

左近が言うと、すべて把握《はあく》している小五郎は顎を引き、走り去った。

急ぎ登城した左近は、茶坊主の案内で表御殿の廊下を歩んだ。いつものように、中奥御殿の御座の間に案内されるものと思っていたが、今日は違い、表御殿の大広間前で足を止めた茶坊主が、中へ入るよう促す。

下段の間に入ると、柳沢、そして、犬養の上役の若年寄《わかどしより》、加藤越中守明英《かとうえっちゅうのかみあきひで》が中段の間に近い場所に座しており、二人揃《そろ》って左近に頭を下げた。

会釈をした左近は、中段の間に向かって右側に並ぶ二人の前を進み、中段の間に近い中央に正座した。

綱吉の覚えめでたい加藤は、左近に対しあからさまに厳しい顔を向けている。

程なく小姓を伴《ともな》った綱吉が中段の間に入り、上段の間には上がらず、左近の前に座した。

いつにも増して不機嫌そうな顔をしている綱吉は、頭を下げた一同に面を上げよと言ったのみで、左近に呼んだわけを言わず、冷たい態度だ。

柳沢に促された加藤が、左近を責める口火を切った。

「西ノ丸様、出頭を願いましたわけは、言わずともご承知のはず。上様に、ことに及んだわけをお話しください」

左近は、柳沢の横に座している加藤を見た。

「そちは、なんの話をしている」

すると加藤は、怒気を浮かべた。

「おとぼけめさるな。お犬見廻り組の犬養光忠を、浅草北の栗林で斬殺された件です」

「異なことを言う。余が斬った証はあるのか」

「ございます。旗本の魚住国詠《うおずみくになが》が、家来から犬養の死を知らされ、栗林へ駆けつけました。知らせた家来は、たまたま近くを通りかかっておったそうです」

「その者が、余が犬養を斬るのを見たと申すか」

「家来がどうのという以前に、そなた様は栗林で、町人に見られておりましょう」

「覚えがないが」

「魚住の家来は、森から出てきた町人から、甲府藩主ご本人が犬養の成敗を告げられたと、確かな証言を得ております」

厳しい口調で責める加藤に対し、左近は動じぬ。

「さようか」

「認められますか」

左近は答えず、綱吉に顔を向けた。

「上様のご信頼厚い加藤殿を疑うわけではありませぬが、魚住本人から、直《じか》に聞くことをお許しください」

綱吉は、不機嫌さを崩さぬものの承諾した。

すると加藤が、左近に言う。

「そうおっしゃるだろうと思い、控えさせてございます。魚住をこれへ」

応じた小姓が下がり、程なくして、下段の間の廊下に来た魚住が、中に入らず平伏した。

左近は立ち上がり、綱吉と魚住のあいだを邪魔せぬよう場を空け、柳沢と加藤を正面に見る形で座りなおした。

綱吉が言う。

「魚住、面を上げよ」

「はは」

魚住は頭を上げ、決して綱吉を直視せず顔をうつむけている。

左近が問う。

「そちは、余が犬養を斬ったと申したそうだが、まことか」

「いかにも。それがしの家来が確かに、町の者から聞いております」

「そちは駆けつけたと聞いたが、その目で骸を見たのか」

「見ておりませぬ」

「では何ゆえ、余を責める」

左近の問いに、魚住は居住まいを正した。そして、左近を見て答える。

「知らせを受け、これは一大事と思い森へ向かいましたところ姿はなく、血だけが落ちておりました。それゆえ、生きておられるのだと判断し、怪我《けが》をされた犬養殿を見舞うため屋敷に行きました。ところが、家の者から急病で身罷《みまか》ったと聞き、驚いた次第。お家断絶を恐れてのことと察しましたが、犬養殿は上様の覚えめでたきお方ゆえ、隠さずご報告申し上げました」

「そうか」

すぐさま否定しない左近に、綱吉が怒りをぶつけた。

「綱豊、木城と矢敷のために犬養を斬ったのか」

左近は綱吉を見て、無言で首を横に振った。そして、魚住に問う。

「知らせに戻ったというそのほうの家来は、確かに余が犬養を成敗したと、町人から聞いたのか」

「いかにも」

「間違いないのだな」

左近の念押しにも表情を変えぬ魚住は、綱吉に両手をついて訴えた。

「上様、知らせに戻ったのはそれがしの側近ゆえ、間違いありませぬ」

「そうか。これでわかった」

納得する左近に、綱吉が訊く。

「綱豊、何がわかったのだ」

左近は綱吉に膝を転じて言う。

「犬養殿斬殺の件は、この綱豊を陥《おとしい》れんとする策にございます」

綱吉は眉間に皺を寄せた。

「犬養殿を斬ったのは、わたしではなく、これにおる魚住かと存じます」

魚住は目を見張った。

「何を言われるか！　上様、西ノ丸様はそれがしをお恨みになり、罪を被《かぶ》せようとなされております」

綱吉は左近から目を離し、正面を向いた。魚住に向ける眼差しは、穏やかなものではない。

「どういうことだ」

見ていた加藤が魚住に控えよと命じ、左近に訊く。

「西ノ丸様、魚住の策《みす》と断じられる根拠を、お聞かせください」

左近は加藤を見据えた。

「綱豊が犬養を成敗したという町人が、魚住の家来に会うはずもないからだ」

加藤が解せぬ顔をする。

「町人から聞いたのは、魚住の作り話だとおっしゃいますか」

魚住が口を挟む。

「作り話ではありませぬ。町人は栗林の持ち主かと思われますから、証明できます」

じろりと魚住を見た加藤が、左近に問う。

「西ノ丸様、それでも違うとおっしゃいますか」

左近は薄い笑みを浮かべ、魚住に言う。

「町人を捜しても無駄だ。犬養が襲われた栗林にいたのは、町人に扮《ふん》した、この綱豊の家来ゆえな」

魚住が愕然とした。

言葉も出せぬ魚住に、左近が続ける。

「そして余の家来は、甲府藩主が悪を成敗した、とうそぶいた覆面の曲者が、そのほうの屋敷に入るのを見ておる」

魚住は綱吉に訴えた。

「上様、これは言い逃れです。騙されてはなりませぬ」

綱吉は真顔で黙っている。

焦る魚住に、左近が告げる。

「まだ悪あがきをするならば、言い逃れではない証を見せてやろう。上様、わたしの控えの間におる者を召し出すのをお許しください」

「よかろう。連れてまいれ」

控えていた奏者番が綱吉に応じて去り、程なくして、下段の間の廊下に裃を着けた侍が来た。

それを見た綱吉は、目を見張った。死んだはずの犬養だったからだ。

魚住はうつむいて表情を見せぬが、膝に置いている手は拳《こぶし》を作り、指の血色が失《う》せるほど固くにぎりしめている。

綱吉が訊く。

「犬養、どういうことか。近う寄って説明いたせ」

「はは」

犬養は、魚住を横目に歩みを進め、左近と柳沢の手前で座して綱吉に頭を下げ、神妙な様子で口を開く。

「上様、西ノ丸様がおっしゃるとおり、これは魚住の策にございます。それがしを斬らんとした剣客は、西ノ丸様のご家来の助太刀《すけだち》を得て捕らえ、当家の牢に入れてござります。その者を厳しく問いただしましたところ、すべて白状しました。魚住に金で雇われ、それがしを襲うたのです。仕事を終えたのちは、江戸を去る手はずだったようで、魚住は刺客が逃げたものと思い込み、訴えに出たのです」

魚住はまだ顔を上げず、拳を震わせている。

柳沢が厳しい顔で言い放つ。

「魚住、そのほうよくも、上様を謀《たばか》ったな」

すると魚住は、恨みに満ちた顔を左近に向けた。

「何もかも、上様のためにござる」

加藤が問う。

「上様のために、西ノ丸様を陥れようとしたと申すか」

「いかにも。西ノ丸様は、我ら旗本をあまりに軽んじておられる。ゆえに、多くの不満が溜まっておるのでございます。このままだと、その不満が上様に向けられるのではないかと恐れ、西ノ丸から出ていただこうとしたのです」

何が悪い、と言わんばかりの態度に、加藤は何か言おうとしたが、柳沢が先に口を開く。

「不満の声は確かにあるが、上様に向けられるとは思えぬ。そのほうの私怨《しえん》と見たが、どうじゃ」

「いいえ」

即答した魚住は、左近を睨みながら続ける。

「お世継ぎの立場を笠に着ておるのが綱豊侯だけならまだしも、召し抱えている新井白石がそれにならい、上様がお力を注いでいらっしゃる生類憐みの令を否定しております。それはすなわち、あるじが鏡になっておる証。それだけでなく、御家人の木城と矢敷が、犬を追い払った子を罰した犬養殿を恨み、天下のご政道を否定する綱豊侯に成敗を嘆願した。それがしは、このままでは上様の世が乱れると思い、策を弄したまでにござる。犬養殿を襲わせた罰は、甘んじてお受けいたします。されど、上様の天下を思う一心からだということは、何とぞご理解くださりませ」

犬養が怒って振り向く。

「黙って聞いておれば嘘《うそ》ばかり並べおって。それがしは木城と矢敷の息子を叱ったが、殺してなどおらぬ」

すると綱吉が、犬養に問うた。

「それはまことか」

犬養が綱吉に向いて頭を下げる。

「それがしは、法を守らぬ者には厳しく当たってはおりますが、誓って、二人の息子を殺めてはおりませぬ」

犬養は魚住を指差した。

「すべて、魚住の策に違いありませぬ」

すると綱吉は、魚住に厳しい目を向けた。

「どうなのだ、答えよ！」

「まったくの妄言《もうげん》にございます。それがしは、木城と矢敷が犬養の成敗を綱豊侯に嘆願したという噂を聞き、策を思いついたのです。息子を棒で打ち殺してなどおりませぬ」

犬養が魚住に向き、薄笑いを浮かべる。

「忘れたか、そのほうが雇った刺客を捕らえておるのだぞ」

すると魚住は怒った。

「黙れ！　雇った者が知っておるものか」

「何ゆえそう言い切れる」

さらに追及する犬養に、魚住は即答した。

「当然だ。あれは……」

はっとして口を閉ざす魚住に、犬養が厳しい目を向ける。

「その先に何を言おうとした。申せ！」

「おぬしがやったと言いたかったのだ」

「いいや、違う。あれは家来がやったと、言いかけたのであろう」

「違う！」

「違わぬ！　栗林に来て、それがしにとどめを刺そうとしたおぬしの家来が、二人とも棒で打ち殺したのであろう。確か名は、千堂《せんどう》と言うたな。捕らえておる者が教えてくれたぞ。書道達者な、祐筆《ゆうひつ》だとな」

魚住は、顔を引きつらせた。

「何が言いたいのだ」

犬養が応える。

「それがしは、確かに木城と矢敷の子を厳しく叱った。馬の鞭で打ちもした。二人に共通しているのは、子の名誉のために、決して人前では打っておらぬということだ。それがどういうわけか、それがしが打ち殺したと、遺書には書かれておった」

不思議がる犬養に、魚住が言う。

「人目をはばかったのは、名誉のためではなく、子殺しがばれぬようにしただけであろう。誰かに見られておったゆえ、親に伝わったのだ」

「さよう。伝える者がいた。偶然か必然か、木城と矢敷の家に、千堂が出入りしていたようだが、おぬしは、これをなんとする」

魚住は笑った。

「妄言を吐くのはやめろと言うたはずだ」

「妄言ではない。両家の下働きの者から聞いておる。千堂が、木城と矢敷と剣術道場の同門だということも、調べはついておるぞ。子をそれがしが打ち殺したと千堂が言い、遺書は、字を真似て書いた物であろう。木城と矢敷を自害に見せかけ、西ノ丸の門前で殺したのも、すべておぬしがやらせたのであろう。木城の奥方も、自害に見せかけて口を封じたのではないのか」

魚住は笑みを消し、犬養を睨んだ。

その殺気に満ちた目を見た左近は立ち上がり、魚住に向かって歩む。

綱吉が目を見張る。

「綱豊、何をする気じゃ」

止まらぬ左近に、魚住は頰を引きつらせた。

小姓が立ちはだかって止めようとしたが、左近はどかせ、恐れてのけ反《ぞ》る魚住の前に片膝をつき、じっと見据えた。

「そのほうの目と声に、覚えがある」

すると魚住は顔をしかめ、見られぬように横を向いた。

左近は言う。

「恨みを晴らすために、このようなことをしたのか」

魚住は、悔しげに顔を歪《ゆが》めた。

「綱豊、どういうことか申せ」

綱吉に言われて、左近は魚住との因縁《いんねん》を話した。

「去年の冬だったかと思いますが、市中にくだっていた時、若いおなごを連れ去ろうとしていた覆面の侍を止めたところ、刃《やいば》を向けられたことがございます。酒に酔うておりましたから、逃げるのを追いはしなかったのですが……」

「それが、この者だというのか」

綱吉に問われて、左近はうなずいた。

柳沢が言う。

「覆面で顔を見ておられぬのならば、決めつけるのはいかがなものか」

左近は柳沢に応える。

「本人ならば、胸に刀傷がある」

魚住は血の気が失せた顔をして、胸元をわしづかみにした。

柳沢は小姓に、検《あらた》めるよう命じた。

二人の小姓に押さえられた魚住は抗《あらが》ったが、加藤が行き、着物の襟をつかんで開いた。

露《あら》わになった胸板には、真横に一閃《いっせん》された浅手《あさで》の傷跡が確かにあった。

加藤に告げられた綱吉は、自ら命じる。

「この者を捕らえよ。沙汰があるまで牢に入れておけ」

両腕を押さえんとする小姓の手から逃れた魚住は、恨みに満ちた目を左近に向け、袴に隠し持っていた鋭い刃物を振りかざしてきた。

座していた左近は片膝を立て、刃物を打ち下ろす魚住の手首を腕で受け止めた刹那に、手首をつかんでひねった。

両足を浮かせて背中から落ちた魚住に、二人の小姓が飛びかかって押さえた。

「離せ！　離せ！」

大声で叫ぶ魚住は、四人がかりで庭に引きずり下ろされ、連れていかれた。

左近は綱吉に向かって正座し、頭を下げた。

「思わぬ騒ぎを起こし、申しわけござりませぬ」

左近のそばにいた加藤が非難の声をあげる。

「恨みを買われたのは、みだりに市中へ出られるからですぞ」

「よい！」

綱吉から不機嫌に言われた加藤は、慌てて左近から離れ、上座に向かって平伏した。

立った綱吉は、左近には何も言わず、中奥御殿に戻った。

柳沢と加藤が追って出るのを見送った犬養が、左近に向けて居住まいを正し、神妙に頭を下げた。

左近が言う。

「そなたにも、迷惑をかけた」

「何をおっしゃいます。おかげさまで、子殺しの疑いが晴れました」

頭を下げる犬養に、左近も頭を下げて立ち、西ノ丸に帰った。

八

魚住の悪事がすべて暴かれたのは、五日後だった。

おなごを手籠《てご》めにするつもりで市中に出ていた魚住は、止めた左近を浪人と蔑《さげす》み斬ろうとしたが、逆に傷を負わされ、逃げていた。まだ傷の痛みが残るまま年賀のあいさつで登城したのだが、綱吉と共に座している綱豊を見て、あの時の浪人だと気づき、己だと知られるのをずっと恐れて、生きた心地がしなかったのだ。

お家と己の身可愛さに左近を失脚させる策を考えるようになったある日、町で犬養が子供を鞭で打って叱るのをたまたま見た魚住は、悪事を思いついた。

千堂に命じて犬養の動向を探らせていた時、木城の息子が犬養に連れていかれた。同じ道場に通う者の息子だと知った千堂であるが、魚住に命じられたとおり、犬養が打ったせいで子供が死んだように手をくだし、父親に知らせた。

木城が書いたのは遺書ではなく、西ノ丸様に頼むべきだと千堂がけしかけ、嘆願書として書かせていた。そして、あるじに届けてもらうと言って受け取り、遺書と見せかけるために字を真似て付け足したあとで、西ノ丸様が密《ひそ》かに会う約束をしてくださったと言って夜中に誘い出し、自害したように見せかけて殺したのだ。

左近が生類憐みの令をよく思っていないという噂を耳にしていた魚住は、犬養を利用し、綱吉と左近を仲違《なかたが》いさせようとしていた。それには、木城のみでは足りぬと思っていたところへ、矢敷の息子が犬養に叱られた。

同じ道場に通う矢敷の息子が犬を追い払ったのは、偶然ではなかった。

木城は偶然だが、矢敷の息子は魚住が周到に計画し、気性が荒い犬を使って女児を襲わせ、息子が助けるよう仕向けていたのだ。

常に、弱い者を助ける心構えでおれ。

道場主から薫陶《くんとう》を受け、固く守っていた木城と矢敷は、子供にも言い聞かせて育てていた。

そのことを知る千堂から話を聞いた魚住が、矢敷親子を次の一手に使おうとたくらんだのだ。

これに激怒した綱吉は、魚住を斬首のうえお家断絶を申しつけ、千堂も斬首された。

又兵衛から話を聞いた左近は、別室に待たせていた新井白石を呼び、真相を明かした。そして、苦しい胸の内を打ち明けた。

「余のせいで、木城と矢敷一家を死なせてしまったようなものだ」

すると白石は、いつになく厳しい顔で応える。

「綱吉公から、市中に出るのを禁じられましたか」

「何も言われぬゆえ、かえって心苦しい」

「ほう、少しはよいところがあるようで」

遠慮せぬ白石は、気落ちする左近に続けて言う。

「殿が魚住を止めなければ、おなごは今、生きておらぬかもしれませぬ。元凶は、逆恨みした魚住です。殿が気に病《や》まれることは何ひとつござりませぬ。綱吉公もそう思われるゆえ、何も言わぬのです」

白石の言葉を聞いても、左近は歪んだこころの恐ろしさを考え、気分は晴れなかった。

第三話　思わぬ誘い

一

西ノ丸にいた新見左近に、磯田頼時《いそだよりとき》から文《ふみ》が届いた。

父冬木有泉の改易《かいえき》によって、将軍綱吉の小姓になる話がなくなり、磯田家は、公儀が哀《あわ》れみをかけて与えた三十俵の扶持米《ふちまい》により、辛《かろ》うじてお家の存続ができている。

それでも、頼時は妹の早穂《さほ》、忠臣真壁丈太郎《まかべじょうたろう》と三人で、気楽な暮らしをしているという。

「うらやましい」

思わずこぼす左近に、次の間で控えていた又兵衛が即座に訊《き》き返す。

「殿、御家人同然となった頼時殿の、何がうらやましいのですか」

左近は手紙を読んでみよと言って渡した。目を通す又兵衛に言う。

「頼時は元々、国で呑気《のんき》に暮らしておったのだ。貧しくとも幸せに過ごしている様子が、文から読み取れるとは思わぬか」

「確かにそうですな」

言った又兵衛が、すぐさま否定した。

「うらやましいなどと思われては困りますぞ。殿は……」

「わかっておる」

将軍になる器《うつわ》だとは言わせぬように、左近は止めていた支度を再開した。

大名駕籠《だいみょうかご》に乗り、西ノ丸から行列を揃《そろ》えて出かけたのは、半刻《はんとき》（約一時間）後だ。寛永寺根本中堂の上棟式《じょうとうしき》に列座《れつざ》するためである。

元禄十一年（一六九八）八月十一日に、京から勅使《ちょくし》を招いた上棟式が挙行された。

根本中堂と共に新築された文殊楼《もんじゅろう》と仁王門《におうもん》も見事なもので、この日初めて見た左近をはじめ、訪れた者たちを圧倒した。

建立《こんりゅう》の指揮を執《と》った柳沢は、一足先にこの功績を称《たた》えられ、左近衛権少将《さこんえのごんのしょうしょう》に任じられ、席次も老中の上となっている。

実質大老とも言える立場になった柳沢に向けられる幕閣たちの目は、嫉妬《しっと》と羨《せん》望《ぼう》が入り交《ま》じっている。

柳沢はその者たちが注目する中、来月には、かねてより帝《みかど》に願っていた根本中堂に掲《かか》げる勅額《ちよくがく》が届くと披露《ひろう》し、招いていた有力大名に威厳を示した。

綱吉の後継者として列座していた左近は、決して出しゃばらず、終始無言でいた。そんな左近に対し、これでよいのか、と言いたそうな顔を向けてくる大名もいたが、不服そうにしている大名を決め込んでいた。下手《へた》に目顔を交《か》わせば柳沢が気づき、不服そうにしている大名を潰しにかかりかねない。知らぬ顔をしたのは、頼時の文を読んだばかりだったことも、左近をそうさせたと言えよう。

こうして、上棟式は大盛況のうちに終わった。


柳沢の天下を横目に、左近は西ノ丸にて平穏に暮らしていたのだが、月が替わった九月六日に、大惨事が江戸を襲った。

昼間に京橋《きようばし》の商家から出た火が南風に煽《あお》られ、大火事に発展したのだ。

火は町家のみならず、大名旗本屋敷を焼き尽くして神田橋御門外に延焼《えんしよう》したが、勢いは止まらず、駿河台《するがだい》から神田明神下《かんだみようじんした》、湯島天神下《ゆしまてんじんした》を焼き尽くし、浅草へと広がりを見せた。大勢の者たちが懸命に消火に当たったが、その甲斐《かい》なく寛永寺に伝わった火は、先月の上棟式でお披露目《ひろめ》されたばかりの仁王門を焼失《しょうしつ》させた。

この時、お琴の家にいた左近は、皆の反対を押して西ノ丸に戻ろうとしていた。逃げ惑う人々と逆行する形になった左近は、煙の中から出てくる集団に目をとめた。

火消し装束《しょうぞく》に身を包んだその者たちは、赤穂《あこう》藩主、浅野内匠頭《あさのたくみのかみ》率《ひき》いる者たちだった。いわゆる、大名火消《だいみょうびけ》しだ。

火を恐れず延焼を防ごうとする赤穂藩士たちの働きぶりは、目を見張るものがあるとして名が知られ、左近も知っていた。

自ら陣頭指揮《じんとうしき》を執る浅野内匠頭は、数寄屋橋御門《すきやばしごもん》内に火が回りそうだという家来の報告を受けるなり即断し、曲輪内《くるわうち》に走る。その時、逃げる者たちに押されて倒れた母子を助けていた左近に手を貸した内匠頭は、

「危ないから遠くへ逃げろ」

優しく声をかけ、左近が礼を言う間もなく、煙が立ちのぼる曲輪内へ走ってゆく。

実際に赤穂藩の者たちが働く姿を初めて見た左近は、評判どおりの勇猛ぶりに

感心した。そして、母子を安全な場所まで送った左近は、火が回っていない門から曲輪内に入り、まずは甲府藩の上屋敷へ行こうとしたが、小五郎に止められた。

「藩邸はおまかせください。殿は、西ノ丸にお急ぎを」

有事の際に不在はまずいと言われて、左近は小五郎に託し、西ノ丸へ急いだ。

表御殿に入った左近を見るなり駆け寄った又兵衛が、無事を喜んで言う。

「一時はどうなるかと思いましたが、赤穂藩が来たと申しますし、風向きが変わってくれたおかげで、火はこちらに来そうにありませぬ」

左近は空を見た。確かに、立ちのぼる黒煙は東に向いている。

「煙の勢いが衰《おとろ》えておらぬゆえ、油断するのはまだ早い。いつ風の向きが変わってもよいように、念のため、皆を吹上《ふきあげ》に避難させよ」

「承知しました。誰よりも殿がお先にお逃げください」

小姓に供を命じる又兵衛を止めた左近は、皆で手分けして逃げるよう促《うなが》して回り、小者たちが退去するのを見届けてから、吹上に向かった。

本丸の小姓が伝達に来た。

それによると、将軍綱吉をはじめ、本丸御殿の一行はすでに吹上に退去しており、半蔵堀《はんぞうぼり》に近い場所にいるという。

「見舞いは無用とのことです」

終わりにそう告げた小姓に承知した左近は、西ノ丸の無事を伝えるよう申しつけて帰した。そして間部に、皆を西ノ丸から近い、桜田堀《さくらだぼり》側の馬場《ばば》に誘導させた。

左近は、庭園とその先にある馬場を遠目に望める小高い丘の建物に入った。

普段は休み処《どころ》として使われている建物の中を、左近は初めて見る。縁側に出た左近外障子を小姓が開けると、広々とした美しい景色が広がった。

からは、集まっている本丸御殿の者たちを遠目に見ることはできなかった。

気になるのは、この場に連れてくるのを許されぬ、桜田に暮らす甲府藩の者たちだ。

まかせていた小五郎が左近のもとに来たのは、日が暮れてからだった。

「藩邸の皆様はご無事です」

「そうか」

安堵《あんど》した左近に、小五郎が状況を伝えた。

曲輪内に入った火の手は、吉良上野介《きらこうずけのすけ》邸をはじめ、数寄屋橋御門内の何軒かの屋敷を焼いたものの、赤穂藩の働きで消えたという。

内匠頭と家来たちの勇《いさ》ましい姿を思い出した左近は、浅野家の者たちが多くの命を救ったとも聞き、改めて感心した。

「では、西ノ丸に戻ろう」

左近は皆に伝えさせ、吹上を出た。

夜明けを待った左近は、火事に見舞われた町を見渡せる櫓《やぐら》に上がった。江戸城の東から北に広がる景色は一変し、一面が黒く染まって見える。まだところどころに白い煙が立ちのぼっており、大火事の凄《すさ》まじさを思い知らされた。

昨日は、柳沢が得意満面で披露した勅額が届く日だった。それゆえ、人々はこの惨事を勅額火事《ちよくがくかじ》と呼ぶようになり、後世に伝わったのだ。

町の様子を見に行った小五郎は、昼を過ぎて戻った。

西ノ丸の居室で報告を受けた左近は、被害の大きさに息を呑《の》み、命を落とした多くの人の無念を想い、胸を痛めた。

小五郎は、左近のそばにいた又兵衛に告げる。

「神田橋御門外のお屋敷は、跡形もありませぬ」

神田への延焼を知っていた又兵衛は、覚悟していたのだろう。動揺の色も見せずうなずき、小五郎に礼を言った。

「おそらく逃げたであろうゆえ、心配はいらぬ。雨が降ってくれてよかった。あれがなければ、今頃どうなっていたか」

気丈に言う又兵衛に、左近は皆の無事を確かめに戻るよう告げて送り出し、翌日には、又兵衛が滞在する篠田家の別邸に、見舞金として三千両を届けさせた。

綱吉からの使者が来て、左近はひと月ほど、城から出るのを禁じられた。諸大名が次々と見舞いに来るあいだは、綱吉のそばに控えるよう命じられたのだ。

そこで左近は、小五郎を本所へ行かせた。火の手が大川を越えたとの情報を得たからだ。

本丸に渡った左近は、火消しに貢献した大名が綱吉直々《じきじき》に褒美《ほうび》を渡される場に立ち会った。

もっとも綱吉が称えたのは、曲輪内の延焼を最小限にとどめた赤穂藩主、浅野内匠頭だ。

火消し役を任命されている内匠頭は、日頃から消火の方法について熱心に調べ、自ら考案もしている。そうやって得た知識を己だけの物にせず、同じ役目を帯《お》びている大名や旗本を鉄砲洲《てっぽうず》の屋敷に招き、熱い講義をしているのは有名な話で、左近の耳にも届いている。

綱吉はそれらを含めて称賛《しょうさん》したが、内匠頭は決しておごることなく、むしろ恐縮していた。

そのわけは、大勢の死者が出ているからだ。

綱吉は、下がらせたあとで柳沢に、

「頑固者であるが、よき武将じゃ」

こう述べ、内匠頭の真摯《しんし》な態度を気に入ったようだった。

昼を過ぎた頃には、見舞いに駆けつける大名旗本の家臣たちで大手門前が大混雑となり、江戸城下の復興に支障が出ると案じた柳沢は、諸大名の登城差し止めを綱吉に進言した。

綱吉が快諾《かいだく》したおかげで左近は解放され、西ノ丸に帰った。

多くの死者を出した火事に胸を痛めていた内匠頭の顔が脳裏《のうり》に焼きついている左近は、着替えをすませ、城下が見渡せる櫓に上がった。

見るのはこれで三度目だが、視界を遮《さえぎ》っていた霞《かすみ》が晴れ、今日は遠くまでよく見える。

左近は、遠眼鏡を使った。焼け野原の先に横たわる大川を確かめ、対岸を望むと、やはり焼けているように思える。

最上階にいる左近の背後に控えていた間部が、段梯子《だんばしご》を上がる音に振り向き、左近に伝えた。

「殿、小五郎殿が戻りました」

「うむ」

段梯子を上がった小五郎が左近の前に片膝《かたひざ》をつき、子細《しさい》を述べる。

「火は両国橋《りょうごくばし》を焼いて本所まで広がっておりましたが、幸い、岩城道場と白石殿の私塾は難を逃れておりました」

皆の無事に安堵した左近は、町の様子を訊いた。

小五郎は惨状《さんじょう》を伝えながらも、明るい兆《きざ》しも教えてくれた。町の者たちはいつまでも悲しみに暮れておらず前を向き、早くも復興に向かって動いているという。

左近はその後も西ノ丸にとどまり、公儀の動きを横目に、江戸の民を案じていた。

二

綱吉から市中にくだる許しが出たのは、十月も半ばを過ぎてからだった。

西ノ丸から一人でくだった左近は、町の様子を見るために神田橋御門から出て、お琴の店まで遠回りをした。

日本橋《にほんばし》は焼け落ちていたが仮の橋が架けられ、小五郎が言っていたとおり町家が建ちはじめて、活気が戻りつつある。

道ですれ違う江戸の民も暗い顔はしておらず、たくましさを頼もしく思った左近は、安心してお琴の店に向かった。

裏から部屋に入り、にぎわう店の音を聞きながら休んでいると、およねが茶を持ってきて言う。

「お城が焼けなくて、ほんとうによかったですね」

左近が微笑《ほほえ》んでうなずくと、およねは茶を置いて続ける。

「うちの人は、日頃贔屓《ひいき》にしてくださっていた商家の皆さんから再建を頼まれましてね。もう何日も帰っていないんですよ」

通うには遠い町にいるらしく、どこで寝泊まりしているのかも知らないという。

　左近は、町の様子を教えた。

「ご公儀が資金を出したこともあり、町は土煙を上げて急速に再建されている。大工たちは忙しく働いていると聞いたが、権八の心根だと、寝る間も惜しんでいるのではないか」

　およねは嬉しそうな顔をした。

「うちじゃとぼけたことばかり言っているというのに、よくおわかりですね」

「付き合いが長いからな」

「左近様がおっしゃるとおり、家を出る時は、焼け出された人のために一刻も早く家を建てるんだって張り切っていましたから、無理をしていないか心配です」

「火事のあとで頼りになるのは権八たち職人だ。帰ったら、ゆっくり休ませてやってくれ」

「そうします」

　客が呼ぶ声に返事をしたおよねは、行きかけて言う。

「大事なことを言い忘れるところでした。今日はおかみさん、あいにく寄り合いに出られています。夜は遅くなるとおっしゃっていましたから、あとで夕餉《ゆうげ》を作りますね。何がいいですか」

「いや、小五郎の店に行くとしよう。気にせず休んでくれ」

「そうですか。やっといらっしゃったのに、おかみさん早く帰ってこないかしら」

　およねは残念そうに言いながら、店に戻った。

　左近は日が暮れるまで読み物をして過ごし、小五郎の店を訪ねた。

　土間に並ぶ長床几《ながしょうぎ》に客の姿はなく、小上がりから声がしたので見ると、二人の侍が酒を飲んでいた。左近はいつものように板場の近くに行き、長床几に腰かけた。

　小五郎とかえでが、客を迎える形で左近と接するのはいつものこと。

　注文した煮物と酒を持ってきたかえでに、左近がささやく。

「見ぬ顔だな」

　するとかえでは、明るい表情で教えた。

　二人は赤穂藩の者だった。

　火事で贔屓の煮売り屋がなくなってしまったらしく、味を求めてこの町まで足を延ばしたところ、小五郎の店を見つけて入り、味を気に入ったらしい。

「今日が三度目です」

板場から小五郎がそう教えた。

かえでが言い添える。

「非番の時に、足を運んでくださいます」

「そうか」

左近は箸《はし》を取り、小五郎の煮物を改めて味わった。

「確かに小五郎の味はよい」

恐縮する小五郎に、かえでは微笑んでいる。

「ごめんよ」

表から声がしたので左近が見ると、常連の雉右衛門が息子と入ってきた。

左近に会釈《えしゃく》をした雉右衛門だったが、赤穂藩士に向ける目は厳しい。息子に何か言ったかと思えば、息子も同じく厳しい目を向けた。

何ごとかと左近は思ったが、雉右衛門は穏やかな顔でかえでに、ここいかい、と声をかけ、窓際の長床几を指差した。

かえでが促し、注文を取る。

親子は楽しそうに煮物と酒を頼み、それ以降は一度も赤穂藩士を見ずに酒を飲んだので、気にしていた左近は、親子の常の目つきかと軽く考えた。
左近がちろりの酒を半分空けた頃、店の戸口が騒がしくなり、すでに酔ってい
る浪人風の三人組が入ってきた。
対応に出たかえでに、左近と雉右衛門から離れた長床几をすすめられた三人
は、素直に従って店の角に行き、腰かけた。注文を聞くかえでに酒を出せと言
い、板場に下がるかえでの後ろ姿を、上から下まで舐《な》めるように見ている。そし
て三人は互いの顔を見て、いやらしそうな笑みを交わし、酒を待った。
かえでが酒を持っていき、長床几に置こうとしたが、一人が酌《しゃく》を求めた。
商売用の笑顔を作って応じたかえでが酌をしてやる手首をつかんだ一人が、
「ここへ座れ」
強引に隣へ座らせ、肩に腕を回した。
かえでは、まだ笑顔のままだ。
左近は、どうなっても知らぬぞと思いつつ、小五郎と目顔を交わす。
小五郎は薄い笑みを浮かべて、見て見ぬふりをしている。
「おい！　やめろ！」
怒鳴ったのは、雉右衛門だ。

「せっかくの酒がまずくなる。おかみさんに絡むんじゃねえ！」

凄《すご》い剣幕で言う雉右衛門に、髭面《ひげづら》で眉毛《まゆげ》が濃い男が怒って立ち上がった。

「なんだ偉そうに。文句があるなら受けて立つ。表に出ろ！」

「いいからおとなしく飲め！」

雉右衛門が若い浪人たちを叱《しか》る口調で言ったが、三人は雉右衛門を囲み、髭面の男が襟首《えりくび》をつかんで立たせ、力ずくで外へ出した。

「まったく」

かえでがつぶやき、戸口に立てかけていた心張り棒《しんばぼう》をにぎって出ようとしたが、

「我らにまかせなさい」

そう言って止めたのは、赤穂藩士の二人だ。

背が高いほうが先に外へ出ると、雉右衛門を殴ろうと右手を上げた髭面の背後から手首をつかんで止め、腕を首に回して引き倒すなり、腹に拳《こぶし》を突き下ろす。

髭面は声も出せぬ様子で腹を抱えて丸まり、苦しんでいる。

「おのれ！」

叫んで刀に手をかけた仲間の浪人に対し、一足飛《いっそくと》びで間合いを詰めた藩士は、

鳩尾《みぞおち》を拳で突いた。

呻《うめ》いて倒れる仲間を見て目を見張った三人目に、藩士が言う。

「まだやるか」

圧倒された浪人は、倒れている仲間たちを助け起こし、逃げていった。

一人で三人を追い払った藩士は、雉右衛門に手を差し伸べて、立たせてやった。

雉右衛門は、店に戻ってきた時にはすっかり笑顔になり、自分は芝金杉《しばかなすぎ》で町役人をしていると言い、さらに素性《すじょう》まで教えた。

猟師をしていたが食えなくなって、町年寄《まちどしより》をしている親戚を頼って江戸に出たところ、手伝わされているという。

自身番《じしんばん》に詰めるのが主な仕事と聞いて、赤穂藩士たちは、

「張り切るのはいいが、命を落とすところだったぞ。次からは気をつけろ」

と雉右衛門をたしなめ、かえでに代金を払って帰ろうとした。

左近は小五郎に目配せをする。

意を汲《く》んだ小五郎が、板場から出て二人に声をかけた。

「お助けくださりありがとうございます。お代は結構です」

すると背の低いほうが言う。

「それでは商売になるまい。我らは、当然のことをしたまでだ」

「おそれいります。では、せめてお名前だけでも、お教えくださ い」

応じた三十代の角張った顔のほうが名乗る。

「赤穂藩士、大迫伸六《おおさこしんろく》だ」

背の高い丸顔が続く。

「同じく、早水藤左衛門《はやみとうざえもん》と申す」

喜びの声をあげたのは雉右衛門だ。

「先日の火事で大活躍をされた赤穂藩のお二人に助けていただくとは、こんな嬉しいことはありません」

早水が笑った。

「この町まで広まっていたか」

「ええもう、江戸中で知らない者はおりませんよ。新見の旦那も、ご存じでしょう」

振られた左近は、同調してうなずく。

興奮気味の息子が言う。

「父をお助けくださったお礼に、ここは、手前に出させてください」

「それで気がすむなら、馳走《ちそう》になろう」

大迫が応《こた》え、早水は小五郎にまた来ると告げて、帰っていった。

表まで見送って戻った雉右衛門が、かえでに笑いながらあやまる。

「騒がせてすまないね。近頃はどうも、行儀が悪い侍を見るとつい疑ってしまう」

「何を疑うんです?」

かえでが訊くと、雉右衛門は酒を苦そうに飲んでから答える。

「あの大火事の日から、物取りの辻斬《つじぎ》りが増えているのさ。おれが詰める番屋の受け持ちだけでも、三人もやられている」

小五郎が口を挟む。

「そいつは穏やかじゃないですね」

「まったく腹の立つ話さ。夜だけじゃなく、昼間にも人気《ひとけ》がない場所を通っていた商家のあるじが襲われて、持ち金を奪われた。供の者まで殺されているから顔を見た者がいないんだが、下手人《げしゅにん》は剣の遣《つか》い手《て》だ。つまり武家だな」

左近は雉右衛門に言う。

「それで先ほどは、浪人に厳しく当たったのか」

雉右衛門は苦笑いをする。

「刀を抜けば奪って、人を斬った物か見てやろうと思ったんですよ」

かえでが驚いた。

「そんな危ないこと考えてたの」

雉右衛門は笑い、息子がかわりに答える。

「おとっつぁんは、人を斬った刀の見分け方を刀剣屋のあるじから教わっているんです」

「だからって、お侍から刀を奪うなんて無茶でしょう」

心配するかえでに、雉右衛門は笑ってごまかす。そして話を変えるべく、感心したように口にする。

「しかし早水様は、お強かったな。二人をあっという間にねじ伏せたのには驚いたね」

「そりゃそうですよ、おとっつぁん。何せ赤穂藩には、高田《たかた》の馬場《ばば》の決闘で有名な堀部安兵衛《ほりべやすべえ》様がいらっしゃるんだから、皆で稽古《けいこ》をされているに決まってますよ」

「自分のことのように自慢するな。江戸で知らない者はいないんだから。ねえ、新見の旦那」

また振られた左近は、微笑んで応じる。

「同門の者が高田の馬場ですることとなった決闘に、助太刀《すけだち》したのは耳にしているが……」

「斬られた同門の人を助けて、一人で十八人も倒す猛者《もさ》ですから、早水様はきっと、堀部様から剣術を習ってらっしゃるのでしょう」

興奮気味に言う息子に、左近はうなずいた。見物に行った者たちが話を大きくしていると泰徳から聞いていたが、左近はうなずいた。親子に水を差す真似《まね》はしなかった。

泰徳が言う説に信憑性《しんぴょうせい》があるのは、安兵衛が入門している小石川牛天神下《こいしかわうしてんじんした》の直心影流《じきしんかげりゅう》道場のあるじ、堀内源左衛門《ほりうちげんざえもん》と泰徳が、親交があるからだ。

左近は、まだ興奮冷めやらぬ雉右衛門親子の話を聞くいっぽうで、辻斬りの横行が気になっていた。大火の混乱に乗じて凶行に走る者を、野放しにはできぬ。

「それよりも、辻斬りの話を詳しく教えてくれぬか」

左近が水を向けると、雉右衛門は不思議そうな顔をした。

「どうしてです?」

「話を聞く限りでは、この先も続きそうな気がしてならぬゆえ、少しは力になりたいと思うたまでだ」

雉右衛門は喜んだ。

「人手が欲しいと思っていたから、そうおっしゃっていただけるとありがたい。勝太郎《かつたろう》、教えてさしあげろ」

息子の名を初めて耳にした左近は、まずは酒を飲ませてやった。

受けた勝太郎が、一口飲んで言うには、辻斬りは芝金杉一帯だけではなく、芝《しば》田町《たまち》や高輪《たかなわ》でも出るという。

雉右衛門が言い添える。

「あっしが思うに、火事で焼けてしまった町で悪さをしていた連中がこちらに流れてきたか、あるいは、焼け出されたせいで食うに困って、悪事に手を染めて味をしめちまったかのどちらかでしょうね」

左近は言う。

「いかなるわけがあろうと、許される所業ではない。町奉行所の者は、探索に来ておらぬのか」

雉右衛門は渋い顔をする。

「それが、火事場の後始末や治安維持に手を取られているらしく、こっちには回ってこられやせん。町年寄や名主《なぬし》がお頼みされても、町役人でなんとかしろと言われてしまって、困っているところです。何せ相手は、剣の腕が立ちますからね。新見の旦那は、こっちのほうはお得意ですか」

刀を振る真似をする雉右衛門に、左近は微笑んだ。

「それなりにな」

「そいつはよかった。自身番に来ていただけるので？」

「いいだろう。今から行こう」

左近が立つと、雉右衛門は慌《あわ》てて余った酒を飲み、勝太郎と先に出た。

供をすると言って前垂れを取る小五郎を、左近が制した。

「お琴が寄り合いから戻っておらぬゆえ、およねに場所を訊いて迎えを頼む」

「お琴様には、手の者をおつけしております」

「そうか」

抜かりない小五郎にうなずいた左近は、外に出た。

店主の顔で見送った小五郎は、かえでを残して、密《ひそ》かに付き添った。

雉右衛門親子が詰める自身番は、浜松町《はままつちょう》と芝金杉を結ぶ金杉橋《かなすぎばし》の近くにあった。東海道に面しているが、辻斬りが出はじめてからは、夜遅くなると、人通りがぱったり絶《た》えるようになったという。

自身番に入ると、町役人たちが四人詰めていた。非番の雉右衛門親子が浪人風の左近を連れて入ったのを見て、騒然となった。

「雉右衛門、そいつが下手人か」

年長の男が勘違いをするものだから、雉右衛門は慌てた。

「八郎《はちろう》さん違う違う。このお方は新見様といって、行きつけの煮売り屋の常連さんだ。辻斬り野郎の話をしたら、さっそく今日から助太刀すると言ってくださった奇特《きとく》なお方だ」

すると、五十代の八郎は残念がり、雉右衛門に声を潜《ひそ》めて訊く。

「いくら出すと言ったんだ」

「え？」

「馬鹿、訊いてないのか。浪人がただで働くものか」

聞こえた左近が、金はいらぬと口にすると、八郎はあからさまに、怪《あや》しむ顔を向けて言う。

「旦那、あとから大金をよこせとおっしゃるんじゃあねえでしょうね。あたしらは小商人《こあきんど》ですし、手弁当《てべんとう》でやってますんで、命を張られても高い見返りは出せませんが」

「金はびた一文いらぬ」

「こいつは驚いた。ただでやってくださるんですか」

「うむ」

「へえ」

感心する八郎に、雉右衛門が言う。

「だから言っただろう。奇特なお方だって」

ころっと態度を変えた八郎が、座ってくれと言い、自ら茶まで淹《い》れて湯呑《ゆの》みを置いた。

左近は、見廻りに行くという雉右衛門親子に同道し、三人が襲われた場所を重点的に歩いた。夜道を歩く者は一人もおらず、怪しい人影もなかった。

夜中近くになって自身番に戻ると、八郎があくびを嚙《か》み殺しながらねぎらう。

「新見様、ご苦労様です。今夜は、お帰りになってください」

「よいのか」

「ええ、辻斬りは銭を持った商人が出歩かなきゃ仕事になりやせんから、真夜中には出ません。あたしらも、朝まで寝ますから。雉右衛門さん、明日は朝から頼むよ」

応じた雉右衛門が、左近を連れて外に出た。

「口が悪いですが、性根はいい人なんで勘弁してやってください」

「気にしておらぬ」

「今日は、ありがとうございました。おかげさまで、辻斬り野郎も出ませんでした」

「では、また明日来る」

「ありがたい」

拝《おが》むようにして頭を下げる雉右衛門親子と別れた左近は、現れた小五郎と共に、煮売り屋に帰った。

起きていたかえでが、左近の足を拭《ぬぐ》いながら告げる。

「お琴様が、お待ちでございます」

「もう夜中だぞ」

かえでは何も言わず控えている。

小五郎に笑って促された左近は、裏から出た。お琴の家の勝手口から入ると、足下《あしもと》が見えるように有明行灯《ありあけあんどん》が灯《とも》されていた。

部屋に行くと、お琴は着替えもせず待っていたらしく、柱にもたれかかって眠っていた。

そっと近づき、両肩に手を伸ばすと、目をさましたお琴が微笑み、身を寄せてきた。

三

二日後。

夕方から降りはじめた冷たい小雨は、半刻ほどで上がり、道も湿った程度ですんだ。三田《みた》の町では、暗くならぬうちから商家の者が手分けして辻灯籠《つじどうろう》に火を入れ、辻斬りへの警戒《ゆか》を怠《おこた》らない。

まだ人の行き交う通りを、一人の商人がいそいそと歩いていた。

箱根《はこね》の商人は、馴染《なじ》みの薬屋に湯《ゆ》の花《はな》を納《おさ》めに来たのだ。湯殿《ゆどの》がある武家から人気の品は高く売れるとあって、待っていた薬屋からは、満足のいく代金が支払われた。

「芦ノ屋《あしのや》さん、今日はどちらにお泊まりで」

薬屋の女将《おかみ》から訊かれた芦ノ屋は、目を泳がせ、一瞬返答に困った。

勘のいい女将は、流し目で笑った。

「野暮《やぼ》なこと訊きましたね」

「いやいや、旨《うま》い物を食べに行くだけです」

芦ノ屋はとぼけて応じ、またお願いしますと言って店を出た。

懐《ふところ》の重みに嬉しそうな顔をして足を向けるのは、品川宿《しながわしゅく》。江戸に来た時は必ず泊まる旅籠《はたご》には、身請《みう》けを約束した女がいる。

月に一度、想い人に会うのを楽しみにしている芦ノ屋は、懐に入れている銭袋に手を当てた。

「身請けの金は揃った。待っていろよ」

国から持ってきたのと、今日の代金を足せば想い人が自分の物になる。明日は二人で箱根に帰り、共に暮らせる。希望に満ち、足取り軽く品川に急いでいると、四辻《よつじ》の右から荷車が出てきて、道を塞《ふさ》いで止まった。

二人の人足《にんそく》が、車輪を見て何か言っている。

まっすぐ行きたい芦ノ屋は、道を塞がれて通れないのを迷惑そうに舌打ちしたものの、左から回れるのを知っていたので、声をかけずに曲がった。

二人の会話から、荷物の積みすぎで車輪が破損したのがわかった芦ノ屋は、夜になるのに気の毒だと思いつつも、手伝う気にはなれず、先を急いだ。その背中を、荷車の二人組が見ているのも気づかずに。

そして、歩く人の姿がまったくない武家屋敷の通りへ入った頃から、後ろに怪しい人影がついた。

一度振り向いた芦ノ屋は、暗い道に人の姿は見えていないが、急に気味が悪くなり、前方にある武家屋敷の門前灯籠の明かりを目指して小走りをした。

背後に迫る足音にはっとした芦ノ屋は、振り向いた。目の前に迫る黒い人影に声をあげようとした刹那《せつな》、打ち下ろされた一太刀《ひとたち》で頭を割られ、声も出せず仰向《あおむ》けに倒れた。

目を見開いたまま身体が痙攣《けいれん》している芦ノ屋の懐から銭袋を取り出した黒い人影は、暗い道を引き返した。

辻斬りの下手人が三辻《みつじ》を左に曲がって程なく、ちょうちんをぶら下げた二人の侍が右から来て、明かりがある門に向かって歩いていたのだが、芦ノ屋の骸《むくろ》を見つけて驚き、一人は腰を抜かしてちょうちんを落とした。

芝金杉で見廻りをしていた左近が知らせを受けて駆けつけた時には、芦ノ屋の骸は三田の自身番に運ばれていた。

無惨《むざん》な姿を見た雉右衛門親子が悔しがり、雉右衛門が左近に言う。

「三田では初めてです。下手人の野郎、あっしらが見廻っていると知って、こちらに足を延ばしやがったようですね」

殺されたのは旅の行商《ぎょうしょう》だと教えられた左近は、人気のない場所に誘導されたとは疑わず、迷い込んだところを狙われたと考えていた。

自身番に詰めていた者が、薬屋に出入りしている箱根の芦ノ屋だと覚えていたことで、湯の花の代金を奪われたとわかったのは、翌朝だった。

薬屋の女将から話を聞いた雉右衛門親子が品川まで行き、芦ノ屋が旅籠で働く女を身請けする日だったことがわかり、盗まれたのは、少なくとも身請け代の百両はあると判明した。

夕方になって小五郎の店に来た雉右衛門親子は、待っていた左近に調べた内容をすべて伝えた。

雉右衛門が冷酒を一杯飲み、ため息まじりにこぼす。

「女の悲しみようときたら、可哀そうすぎて、こっちも泣けてきましたよ」

「下手人の野郎、許せねえ」

勝太郎が、下手人を捜すと言って飛び出した。

「おい待て！」

雉右衛門が立ち、左近に言う。

「倅《せがれ》の奴は、下手人は浪人に違いないと決めつけて、とっ捕まえると息巻いてやがるんで」

「止めなければ危ないぞ」

左近は店を出て、通りを走り去る勝太郎を追った。

勝太郎は、悪人面《づら》の浪人者を見つけると立ち止まり、疑いの目を向けている。

闇雲《やみくも》に突っ走るものだから、左近が追いつく前にさっそく衝突した。

「なんだおぬしは。やるのか」

喧嘩《けんか》を売られたと勘違いした浪人者が、勝太郎の胸ぐらをつかんだ。

勝太郎がここぞとばかりに声をあげる。

「刀を見せろ」

「なんだと！」

「自身番の者だ。あんたが人を斬っていないか確かめる」

浪人者は勝太郎を突き離し、人の目も気にせず抜刀《ばっとう》した。刀をにぎる両手を右脇に寄せて刀身を立て、八双《はっそう》の構えをした。

一歩も引かぬ勝太郎に、人相の悪い浪人者は鼻先で笑い、刀を横向きにして差し出した。

「よく見るがいい。人を斬ってなどおらぬ」

強面《こわもて》に似合わぬ穏やかな口調に、周囲の者は安堵している。

左近と雉右衛門が行くと、浪人者は警戒の目を向けてきた。

「もしやおぬしら、おれを辻斬りの下手人と疑っているのか」

雉右衛門が勝太郎の前に行き、浪人者に頭を下げた。

「倅を勘弁してやってください。ついさっき、悲しいことがあったもので熱くなってやがるのです」

「三田の件なら、おれも知っている。だが、この生まれつきの顔だけで疑われたのではたまったものではない。人が見ている前で、潔白《けっぱく》かどうか確かめろ」

刀を差し出す浪人者に応じて、雉右衛門が拝借して刀身を見た。よく手入れされ、わずかな刃こぼれさえも見当たらない。短いあいだで研《と》ぎや修復ができるはずもなく、雉右衛門は刀を返し、勝太郎と並んで頭を下げた。

「どうも、申しわけございません」

「わかったならそれでいい。おれは、人を斬るどころか、剣より学問が好きなのだからな」

浪人者はそう言うと、鞘《さや》に刀を納めるのもおぼつかぬ様子で、去っていった。

雉右衛門が勝太郎の頭を殴った。

「馬鹿野郎。おめえのやり方じゃ、命がいくつあっても足りやしねえ」

「すまない、おとっつぁん」

「おれたちは十手を預かる身分じゃねえのを、よく覚えとけ。次にあんなことしやがったら許さねえからな。わかったか」

「ごめんなさい」

勝太郎はようやく落ち着きを取り戻したらしく、左近にも詫《わ》びた。

「相手が下手人なら、今頃命はなかったぞ」

左近はそう言って聞かせ、そのまま見廻りをした。

事件が起きた三田と、それよりひとつ先の町を回ったが、下手人らしき怪しい者と出会うことはなかった。

翌日は何もなく、左近は西ノ丸に戻る日が五日後に迫った。そこで、人通りが絶える夜ではなく、早朝から夕暮れまで町を歩いた。

一人で人通りが少ない武家地に向かう商家のあるじを見かければ、跡をつける者がいないか確かめつつ、密かに守ったりもした。

又兵衛が知れば、西ノ丸様がすることではないと言いそうだが、若い頃から着流し姿で市中を出歩いている左近にとって、町の民は身近な存在だ。未曾有《みぞう》の大火で混乱の渦《うず》にある江戸城下で、凶刃《きょうじん》に倒れる者が出てはならぬという強い思いも、左近を突き動かしていた。

西ノ丸へ戻れば、次はおそらく十一月になるまで出てはこれぬはず。残りわずかだが、辻斬りは日を空けず起きているため、なんとしても見つけたい。

残り三日となった日も、朝から一人で探索をした左近は、見つけられぬまま夕方になり、小五郎の店に戻った。

店を開けて待っていた小五郎とかえでに、だめだったと目顔で伝え、板場近くの長床几に腰かけた。

小五郎が言う。

「配下の者に三田を探らせたところ、下手人を見た者は一人もいませんが、芦ノ屋らしき旅の商人が、四辻を武家地に向かうのを見たという者がおりました。品川に行くには少々遠回りになる通りへ向かったのは、荷車が車輪の不調で道を塞いでいたからだそうです」

「偶然か、それとも……」

左近は、荷車が怪しいと睨《にら》んだ。

小五郎がさらに口にする。

「荷車は、荷物ごと隣町で盗まれた物でした」

「どうしてそうだとわかった」

「荷物を積んだままの荷車が、事件があった場所から離れたところで見つかったそうです」

「では、芦ノ屋を襲ったのは、周到な計画だったのか」

「残念ながら、そこまではつかめておりません」

「身請けのための金を持っていると知って狙ったのなら、芦ノ屋と繋《つな》がりがあるはずなのだが」

「荷車が偶然ではないと考えるなら、辻斬りは一人の場当たり的なものではなく、仲間で動いているものかと」

左近はうなずき、次の犠牲を出さぬためにはどうすればよいか考えた。

そこへ、客が入ってきた。

五十歳前後の侍は、かえでが案内した小上がりを拒《こば》み、通りが見渡せる長床几を選んだ。

注文を聞くかえでに酒を頼んだ侍は、左近を見ぬように窓の外へ顔を向けた。

探索の話を中断した左近は、小五郎に客が引けたら教えるよう小声で言い、お琴の家に帰った。

それから一刻（約二時間）が過ぎても、小五郎から知らせはなかった。

さらに半刻が過ぎ、左近がお琴と食事をすませた頃、かえでが裏庭に来た。

行こうとした左近に、かえでが告げる。

「夕方に来た客が、まだいます」

五十絡みの侍の穏やかな面持《おもも》ちが目に浮かんだ左近は、微笑んだ。

「一人で長居とは、よほど気に入ったのか、ただの酒好きか」

「それが、ただ静かに酒を飲んでいるのですが、量は二合にもなっておらず、お頭《かしら》が怪しんでおります」

左近は、ここ数日探索をしている自分の姿を見て、跡をつけてきたかと勘ぐった。

そうだとすれば、お琴の家にいるのを知られてはならぬ。帰るまでに、改めて顔を目に焼きつけておこうと考え、かえでと店に戻った。

忘れ物をしたとうそぶいて店に入り、ついでに酒を飲んで帰ると言って、いつもの長床几に腰かけた。

通りが見える場所に居座っている侍の身なりは、無紋《むもん》の羽二重《はぶたえ》に袴《はかま》。堂々としており浪人には見えない。

左近とは決して目を合わさぬ侍は、かえでに酒の注文をする時も、左近がいる板場のほうを見ようとはしなかった。

確かに怪しい。

そこで左近は、思い切って声をかけようとしたのだが、仕事終わりの客が立て続けに五人入り、店はにわかに騒がしくなった。

声をかける機を逃したと思った左近は、知った顔の男たちが大声でかえでに注文をするのを見るふりをして、その先にいる侍の様子をうかがった。

騒がしくしてもいやな顔ひとつせず、帰ろうとはしない。

左近が店に戻って半刻が過ぎ、騒がしい五人組が満足して帰っても、侍は動かぬ。

いったい、何が狙いなのか。

常連客の一人が入ってくるのを左近が見た時、表の通りを歩く侍の姿が目にとまった。その者は、店にいる侍が座っている窓に向かってうなずいたのだ。

やはり何かある。

そう直感した左近は、店にいる侍を見ず、小五郎に酒を頼むふりをして、目顔で警戒するよう伝えた。

侍は実は辻斬りの下手人で、酒を飲みながら、表の通りを歩く人を物色していたのではないか。仲間の合図を受け、出ていくのではないかと勘ぐっていた左近だったが、予想がはずれて、男は動かなかった。

左近と小五郎が見て見ぬふりをしていたところ、二人の客が入ってきた。大迫と早水だ。

大迫が、迎えたかえでに言う。

「今日は嬉しいことがあったゆえ、旨い酒を飲みに来た。いつものより上等なのを出してくれ」

応じたかえでが、小上がりに案内しながら訊く。

「火消しの恩賞でも出たのですか」

大迫が笑って答える。

「そんなところだ。たっぷりいただいた」

「それはようございましたね」

「今日は飲むぞ」

早水が言い、小上がりで大迫と向き合って座し、話をはじめた。

左近に詳しい内容は聞こえなかったが、二人はよほど懐が暖かいのか、当分楽になるという声と共に、満足した様子が見て取れる。

小五郎が板場から身を乗り出し、左近に小声で告げる。

「あちらのお客は、考えすぎだったようです。お手間を取らせました」

左近が侍を見ると、ちょうどあくびをしていた。

ただゆっくり酒を楽しんでいるだけだろうということになり、左近はお琴の家に帰るべく立ち上がった。そこへ、雉右衛門と勝太郎親子が来た。

左近を見つけた雉右衛門が駆け寄って言う。

「旦那、一杯だけ付き合っていただけませんか。お礼もまだですし」

「気にするな。今日は非番か」

「昼間にしっかり働かせていただきましたから、一杯飲みに来ました」

「そうか。では一杯付き合おう。明日からのことも話したい」

雉右衛門が座ろうとした時、勝太郎が袖《そで》を引いた。

「へい」

小上がりを示された雉右衛門は、明るい顔をして早水たちのもとへあいさつに向かう。

「早水様、大迫様、先日はありがとうございました」

「おお、おぬしたちか。今日は殿から褒美をいただいたゆえ、一緒にどうだ」

早水が上機嫌に言い、かえでを呼んだ。

この時左近は、早水たちを見る侍の目が鋭くなったのを見逃さなかった。いっぽう、左近の様子に気づいて初めて目を合わせた侍は、何食わぬ顔をして前を向き、酒を飲んだ。そして、かえでを呼んで勘定《かんじょう》を払い、店をあとにした。

左近は侍の動きが、どうにも気になった。早水たちを確かめて出たとしか思えなかったのだ。芦ノ屋が金を持っているのも、こうして店に長居をして情報を得たのかもしれぬ。

報奨金《ほうしょうきん》をもらったという早水たちから金を奪うつもりだと睨んだ左近は、早水と大迫が帰るのを待つことにした。あの侍が辻斬りならば、今夜で終わらせる。

早水と大迫に誘われた雉右衛門と勝太郎は、一杯だけ酌を受けて戻ってきた。

左近は二人に酒を注いでやり、先ほどの侍のことは言わずに、明日からの見廻りについて打ち合わせをし、長居をした。

早水と大迫が勘定を払ったのは、半刻後だった。

雉右衛門が、

「お早いお帰りで」

そう声をかけると、早水が応える。

「用を思い出したのだ。また飲もう」

「へい」

見送る雉右衛門親子に続いて出た左近は、おれも帰ると告げ、早水と大迫とは距離を空けて歩いた。

怪しい侍の影を捜しつつ歩いていると、前を歩く早水と大迫が通りの角を東海道のほうへ曲がった。その時、路地から黒い人影が出てきて、左近のほうへ向いた。

咄嗟《とっさ》に隠れた左近は、黒い人影が早水と大迫が曲がった道へ行くのを確かめ、あとを追って走る。

背格好から、小五郎の店にいた侍だと睨んだ左近は、この先の東海道までのあいだは、人通りが少ないのを知っているため足を速めた。

だが、角を曲がって見れば、東海道の辻にある灯籠の明かりに早水と大迫が見えるのみで、背後に人影はなかった。

暗がりに潜んでいると睨んだ左近は、不意打ちを警戒しながら歩みを進める。

路地に気配はなく、東海道まで出ると、早水と大迫は町駕籠を雇い、乗り込むところだった。

二人の無事を確かめた左近は、背後にある気配に声をかける。

「いたか」

「いえ、去ったようです」

「あの者、かなりの遣い手と見た。我らにいち早く気づき、今日はあきらめたのかもしれぬ」

左近が言うと、小五郎が横に並んできた。

「顔を覚えていますから、それがしとかえでも、明日から探索をしとうございます」

「いや、店は開けてくれ。おれたちに気づいていなければ、あの侍がまた来るかもしれぬ」

小五郎は目を伏せた。

「承知しました」

左近は、侍が姿を消した暗がりに目を向け、憂《うれ》いを残して帰った。

四

翌日、左近は打ち合わせどおり、雉右衛門親子と手分けして見廻りをした。金杉橋から高輪のあいだで、人通りが少ない場所を特に気をつけるべく、左近は東海道をはずれて、高輪台町《たかなわだいまち》へ上がった。

泉岳寺《せんがくじ》の北にある高輪台町の通りは、肥後熊本藩細川《ひごくまもとはんほそかわ》家の、二万五千坪にも及ぶ広大な下屋敷に面しており、屋敷の左右には辻番、中央の表門には門番がおり、常に人目がある。しかしながら、細川家の門前から奥に延びた小道は、人目につきにくく、歩く者もほとんどいない。

左近は細川家の門前を左に曲がってその道に入り、坂をくだった。左右を寺の土塀《どべい》で挟まれた細い坂は寺への参道だったらしく、山門《さんもん》で行き止まりだった。正源寺《しょうげんじ》の山号額《さんごうがく》を見上げた左近は、静まり返っている坂を引き返し、ふたたび細川家の門前に出た。

これより先へは行かず、雉右衛門親子が受け持っている町へ向かおうとして、東海道から上がってくる坂との三辻まで戻った時、前を横切る侍に目をとめた。

昨日、小五郎の店にいたあの男だ。

三辻まで行き、その後ろ姿を見ると、男の先には、談笑しながら歩いている早水と大迫がいた。

二人は男につけられていることに気づいた様子もなく、三田に向かう道を歩いている。

この先には、先日旅の行商が襲われた場所がある。隙《すき》を見て狙うつもりだと思った左近は、早水と大迫を守るべくあとに続く。少し行ったところで、雉右衛門が声をかけてきた。

黙らせた左近は、雉右衛門と勝太郎に手短に伝えて、三人であとを追った。

早水と大迫は、人通りが多い道ばかりを歩き、赤穂の藩邸がある鉄砲洲とは違う方角の道へ入った。

どこに行くのかわからぬが、侍が執拗《しつよう》にあとを追っているため、左近たちも続く。早水と大迫は談笑をやめており、背筋を伸ばした後ろ姿には、緊張が浮いている。

怪しい影に気づいたのだろうか。

左近はそう思いながら、前を行く町人に隠れて歩んでいると、二人は麻布に向かい、古びた八幡社《はちまんしゃ》の境内《けいだい》へ入った。

侍の男は立ち止まった。左近たちが後ろにいるのをまったく気にする様子もなく、杜《もり》に囲まれた境内の中をうかがっている。そして、遅れて入った。

左近たちが行くと、早水と大迫は境内の奥にある、古びた本殿の前に立っていた。

男は二の鳥居のすぐ近くにある、苔《こけ》むした石灯籠《いしどうろう》の陰に身を隠している。そして、本殿から宮司《ぐうじ》らしき人物が出たのを見て、足早に戻ってきた。

雉右衛門が慌てて、左近を杉の大木の陰に引っ張り込んだ。

「証《あかし》がなきゃだめです」

小声で言われて、左近は見送ったあとで、男に振り向かれても見えぬよう杜の茂みの中を進み、本殿が見える場所まで移動した。まだ気づいていない早水と大迫は、宮司に玉串料《たまぐしりょう》だと言って包みを渡したばかりだった。

宮司は重みを確かめて微笑み、何か言った。

早水と大迫は頭を下げ、三人で本殿の横手にある建物へ向かった。

「玉串料を狙っていたに違いない。お二人に教えなきゃ」

雉右衛門が言い、隠れていた茂みから出ようとしたのを、今度は左近が止めた。

「祈禱《きとう》がはじまるかもしれぬゆえ、邪魔をせぬほうがよい。今日のことは、煮売り屋に来られた時に教えよう」

「それもそうですね。お二人なら、心配ないでしょう。逃げた野郎を捜しに行きやしょう。三田のほうへ戻ったはずですし、今から走れば追いつけます」

「いや、奴はいい」

「どうしてです」

「追ったところで捕らえられぬ。それよりも、見廻りを続けよう」

雉右衛門は納得できない顔をしたものの、左近に従った。

左近が侍を追わなかったのは、この時すでに、小五郎が呼んでいた配下の久《きゅう》蔵《ぞう》が、男の跡をつけていたからだ。

三人で見廻りをしながら、左近は芝金杉の自身番に戻った。

すっかり暗くなり、自身番に詰めている町役人たちは、一日静かだったことを伝え、八郎が茶を淹れてくれた。

熱い茶で一息ついた雉右衛門が、左近に言う。

「それにしても、早水様と大迫様は、せっかくいただいた恩賞の金を八幡様に奉《ほう》納《のう》されるとは、できたお方ですね。あっしにゃ真似できねぇや」

「恩賞の金だと、どうしてわかる」

「だって旦那、殿様からたっぷりいただいたとおっしゃっていたし、ご覧になったでしょ、あの重そうな包みを。いったいいくら入っていたんでしょうね。古い社《やしろ》だったけど、火消しのご利益《りやく》でもあるのでしょうかね」

「そうかもな」

「火消しといえば、大火事が起きる前は、この自身番は大きな事件とは無縁でしてね。たまにあるとすれば、喧嘩で熱くなった町の連中に水をぶっかけるくらいでした。それが今じゃ、血腥《ちなまぐさ》い話ばかりだ。おまけに下手人がれっきとしたお武家ときたら、疑わしくても手も足も出せねぇ。町年寄に申し上げても、渋い顔をされるだけで動かれないだろうから、こういう時は、誰に言えばいいんですかね」

「下手人が武家とわかれば、ご公儀が黙ってはおるまい」

左近の言葉に、八郎が身を乗り出して言う。

「それじゃやっぱり、町年寄に知らせたほうがいいですかね」

「そのほうがよいだろう」

「よしきた」

雉右衛門が立ち上がった。

「勝太郎、ひとっ走り行って、さっきのことをお伝えするぞ。旦那、今日は一日お歩きになられてお疲れでしょう。ゆっくり休んでください。おい、いつまで飲んでやがる。行くぞ」

勝太郎は目を白黒させながら熱い茶を急いで飲み、左近に頭を下げて、せっかちな雉右衛門を追って出た。

左近は他の町役人たちに、決して無理をせぬよう言い置くと、自身番をあとにした。町の様子を見ながらお琴の家に戻り、小五郎からの知らせを待った。

お琴はおよねと二人で、店を閉めたところだった。

火事の影響からか、近頃は暇《ひま》だという。

「権八は、まだ帰らないのか」

左近が訊くと、およねは夕餉の膳《ぜん》を置いて言う。

「昼間に着替えを取りに戻りましたけど、次の普請《ふしん》にかかると言って行っちまいました」

「おかげで町は急速に復興している。権八たち大工の働きには、頭が下がる」

「うちの人に、左近様が辻斬りをお捜しだと言ったら、普請場《ふしんば》に来るご公儀のお役人とは大違いだと言ってましたよ。あちらは口ばかりで偉そうだけど、左近様は庶民のために、寝る間も惜しんで働きなさっているから、おれも負けちゃいられねえと言って、張り切ってました」

「そうか」

「どちらも早く終わるといいですね」

およねはいつもの明るい口調で口にするが、休まず働きっぱなしの権八を心配しているはずだ。

酒を注いでくれたお琴に、左近は言う。

「人通りがない道を歩くのは、昼間でも避けてくれ」

するとお琴は、心配そうな顔をした。

「また、辻斬りが出たのですか」

「それらしい男を探っているところだが、昼夜問わず、隙あらば襲おうとする。

どうしても行かなければならぬ場所があれば、かえでを伴《ともな》ってくれ」

およねがお琴にうなずく。

「おかみさん、そうしましょ。明日も寄り合いがあるんですから」

「では、かえでにはおれから言っておく」

「いえ、いいんです。およねさんにはまだ言ってなかったけど、辻斬りが捕まるまで、寄り合いはしないことになりましたから」

「ああよかった」

およねが安堵し、左近も気がかりがひとつ減って微笑んだ。

およねが作ってくれた冬瓜《とうがん》の風呂吹《ふろふ》きと汁物は、温かくて味もよく、箸が進む。

空腹を満たした左近は、お琴と休みながら小五郎の知らせを待っていたのだが、いつの間にか眠っていたらしく、気づけば、夜が明けていた。

まだ眠っているお琴を起こさぬよう布団から出た左近は、寝間着のまま、勝手口から裏庭に出た。

朝霧《あさぎり》があり、外は寒い。

眠気覚ましに井戸水で顔を洗って戻ると、お琴が起きていた。

「すまぬ、起こしたか」

お琴は微笑んで首を横に振り、もう起きる刻限だと言って、雨戸を開けた。

「寒い」

「今朝は特に冷える」

左近が上着をかけてやると、お琴は振り向いて手を引き、寝間に入って障子を閉めた。

帯を解き、着替えを手伝ってくれるのは、左近が小五郎を待っているのを知っているからだ。

藤色の小袖《こそで》を着け、銀色の帯を締めた時、計ったように合図の小石が屋根を転がる音がした。

「力が出ませぬから、朝餉をお作りして待っています」

お琴は心配そうな顔で言う。一度戻ってほしいのだ。

左近はお琴の右の頬《ほお》に手を差し伸べた。

「案ずるな。食事はよい」

安綱を手にして出た左近は、小五郎の店に向かった。表から入ると、小五郎とかえでが不安を隠さぬ面持ちで頭を下げた。

小五郎が言う。

「朝早くすみません。これからかえでと配下を集め、久蔵を捜しに出るお許しをください」

夜が明けても戻らぬ配下を案じる気持ちは、左近も同じだ。

「おれも行こう」

「いえ、久蔵が戻るかもしれませぬゆえ、殿はお琴様のところでお待ちください」

「そうか。ではそうしよう。くれぐれも油断するな」

「はは」

小五郎とかえでが出ようとしたところ、表の戸が開いた。

顔をうつむけて、おずおずと入ってきた久蔵が、

「遅くなりました」

申しわけなさそうな声で口にする。

かえでが歩み寄った。

「心配していたのよ。今まで何をしていたの。首尾《しゅび》は」

立て続けに、厳しい口調で言うかえでに、久蔵は顔を上げた。

顔を見た途端、かえでが絶句した。

それは左近と小五郎も同じだった。

小五郎の配下の中でも屈指の武芸達者が、左の目が赤黒く腫《は》れて糸のように細くなり、痛々しい顔をしていたからだ。

かえでが、昨日の男にやられたのか問うと、久蔵は、がっしりとした背中を丸めてうなずく。

「年寄りだと侮《あなど》ってかかったら、このざまです」

久蔵はそう言い、左近に片膝をついて頭を下げた。

「その者が、殿にお目通り願いたいと、表で待っております」

思わぬなりゆきに、左近は眉根《まゆね》を寄せずにはいられない。

「余《よ》の正体を知ってのことか」

「いえ、町の見廻りをされる殿に、是非ともお目にかかりたいと申しております」

小五郎が厳しく問う。

「久蔵、相手が何者か知ったうえで申しておるのか」

「いえ、名は言えぬと申しております」

「お前らしくもない愚《おろ》かな真似を。殿に目通りを許すわけはあるまい。何ゆえ連れてきたのだ」

「殿が跡をつけているのは気づいていたそうです。それがしを待ち伏せしておりましたから、殺そうと思えばできたはず。そのうえで、辻斬りの誤解を解きたいと申しますから、悪人とは思えず、連れてまいりました」

「浅はかな。罠《わな》だったらどうする」

「よい」

左近に小五郎が慌てた顔を向けた。

「お会いになるのですか」

「久蔵がこの顔にされてまで、悪人と思わぬのだ。何者か知るためにも、会う価値はあろう」

そう言った左近は、久蔵の顔を改めて見た。

「それにしても、ひどくやられたな」

久蔵は手で腫れた目を隠した。

「面目次第もございませぬ」

「三人とも、新見左近として接するように」

左近はそう言うと、いつもの長床几に腰かけ、久蔵にうなずいてみせた。

応じた久蔵が外に出て、程なく戻った。

続いて入ってきた男は、戸口で編笠《あみがさ》を取って左近に軽く頭を下げたのみで、あいさつもなく用件を切り出す。

「おぬしに頼みがあってまいった。それがしは、おぬしが疑う辻斬りではない。よって今日からは、それがしの跡をつけるのはやめてくれ」

どうやらほんとうに、左近の正体を知らぬようだ。

そこで左近は立ち上がり、その場で男に問う。

「では、何ゆえ赤穂藩士の跡をつけた」

男は口を真一文字に引き結んだ頑固そうな面持ちで、左近の目を見てきた。

「おぬしが知らずともよい話だ。とにかく、それがしは辻斬りではない。町のためになろうとするおぬしらの気持ちはようわかる。だが、こちらはいい迷惑だ。次に邪魔立てすると、容赦《ようしゃ》せぬと思え」

「待たれよ」

左近が止めたが、侍は用件だけ伝えると振り向きもせず立ち去った。

小五郎は久蔵に、怒気《どき》を浮かべた顔を向けた。

「どう見ても怪しいではないか」

だが久蔵は認めなかった。

「しかしお頭、あの者がまことの辻斬りならば、それがしは今頃生きておりませぬ。昨夜は不覚にも気絶させられ、目がさめた時は、ばればれだと笑って言ったのです。あの笑顔を見た時に、悪人ではないと感じました」

「余も、今はそう思う」

小五郎とかえでが驚いた顔をした。

左近は笑って言う。

「厳しい口調だったが、目が笑っていたのだ。ああいう目をする者に、悪人はおらぬ」

小五郎がうなずく。

「殿がそうおっしゃるなら、疑いませぬ」

左近もうなずきながら続ける。

「だが、気にはなる。謎《なぞ》めいた男の正体を知る鍵は、早水と大迫がにぎっておろう。あの二人が小五郎の味を求めて通い続ければ、いずれわかるかもしれぬな。残念なのは、あの者が辻斬りではなかったことだ。今頃下手人が高枕で寝ておるかと思うと、腹立たしい。久蔵、引き続き探索に加われ。下手人はおそらくかなりの遣い手だ。肝《きも》に銘《めい》じて励《はげ》め」

久蔵は背筋を伸ばした。

「はは、次は油断せず、必ずやお役に立ってみせまする」

その前に顔を冷やせと笑った左近は、小五郎が手早く調《とと》えた朝餉をとり、西ノ丸に帰るまでになんとしても捕らえると言い、探索に出た。

五

左近がこころの片隅で気にしていた早水と大迫は、その日の夕方に、小五郎の煮物を求めて来た。

折よく、雉右衛門親子を連れて戻っていた左近は、二人に会釈をしたものの、今朝来た侍のことは黙っていた。

二人から注文を取ったかえでが板場に入り、小五郎に小声で言う。

「大名に仕《つか》える者にしては、暇そうだと思いませんか」

「そうか？　毎日ではないのだから、今日は非番なのだろう」

小五郎が軽い調子で言う声が聞こえたらしく、早水が板場に声をかけた。

「大将、これから朝まで役目があるゆえ、酒はよいぞ」

雉右衛門がすぐに食いつく。

「そうですよね。お暇なわけがない」

かえでは、ばつが悪そうな顔をして、首をすくめている。

雉右衛門が二人に訊く。

「夜通しとは大変ですね。いったいなんのお役目ですか」

大迫が大真面目な顔で答える。

「新たに赤穂藩の受け持ちとなった町で、火の見廻りだ」

「へえ、そいつは頼もしい」

「大火事が起きたばかりゆえ、殿が躍起《やっき》になっておられるのだ。我らとて、二度とあのような火事場には行きとうないゆえ、厳しく見廻るつもりだ。大将も、火の始末だけは頼むぞ。特に煮物は、長いあいだ火を使うだろうからな」

「へい。お教え胸に刻《きざ》んでおきやす」

小五郎が軽口を詫びる気持ちを示して、神妙に応じている。そして小五郎は板場から出て二人のところへ行き、湯気が立つ煮物と飯の器を置き、戻らずに訊く。

「今人を捜しているのですが、お二人は、五十代のお侍の知り合いがいらっしゃいますか」

「五十代……」早水が問う。「背格好は」

「お二人より大柄で、頑固そうなお顔をしてらっしゃいます」

「藩邸には大勢おるからな。それだけでは誰のことかわからぬが、おぬしは思い当たるか」

振られた大迫は首をかしげた。

小五郎が言う。

「前にお二人がいらした日に、ここで、一人酒を飲んでいたお侍です」

窓際の長床几を示すと、大迫が膝を打つ。

「おお、思い出した。確かにおったが、知らぬ顔だったたな。その御仁《ごじん》がどうしたのだ」

小五郎にかわって、左近が答える。

「お二人の跡をつけるのを見たのです」

この時左近は、二人の顔に焦《あせ》りの色が浮かんだのを見逃さなかった。

だが二人はすぐに笑い、早水が応える。

「それはおそらく、仕官を望む者だな。近頃多いのだ」

「さよう。火事で名が広まったおかげで、赤穂藩に仕官を望む浪人が増えている。声をかける機をうかがっていたのであろう」

大迫はそう言い、気にするなと笑って何食わぬ顔で煮物を食べ、腹ごしらえをすませた。

早水は、考えごとをする様子で箸が進まぬようだったが、大迫は満足そうに腹をさすりながら言う。

「旨かった。大将、その者がまた来れば、次は話を聞くと言っておいてくれ」

小五郎は驚いた。

「よろしいので？」

「うむ。殿は優秀な者と見れば召し抱えられる。望みはあると言ってやれ」

「承知しました」

小五郎は意外そうな顔で、左近を見てきた。

左近が二人に告げる。

「仕官が望みなら喜ぶでしょう。今は辻斬りが出て物騒ですから、見廻りはくれぐれもお気をつけくだされ」

大迫は明るく応じたが、早水は、解《げ》せぬ様子で左近に問う。

「おぬしは先ほど、侍が我らの跡をつけるのを見たと申したが、いつの話だ」

「昨日、お二人が麻布の八幡社に行かれた時です」

大迫の顔つきが一変し、早水は逆に穏やかな面持ちとなって応じる。

「あの時か。その者には気づかなかったが、どこであきらめたのだ」

「宮司が出てきたのを見て、あきらめたようです」

「おぬしは、我らが玉串料を渡すのを見ていたのか」

「はい」

左近が返事をすると、今朝ここに侍が来たのを知らぬ雉右衛門が口を挟んできた。

「お二人はまったくお気づきになられないから、不用心もいいとこです。危うく、懐の玉串料を狙う辻斬りに襲われるところでしたよ。折よく宮司が出てきたから、慌てて逃げていきました。お二人は江戸になくちゃならない赤穂の大名火消しなんですから、用心してくださいい」

大迫が不服そうに訊く。

「どうして捕まえなかったのだ」

雉右衛門が鼻頭《はながしら》を親指で弾《はじ》き、顔をしかめた。

「何せ相手は、浪人風でもないれっきとしたお武家に見えましたから、憶測だけじゃ手出しできません。間違うと、あっしら三人とも首が飛びますからね」

左近を浪人と思い込んでそう答えた雉右衛門の横で、左近は大迫に言う。

「そういうことだから見ていたのですが、襲われなくてよかった。顔見知りでないなら、以後、気をつけたほうがよいでしょう」

「よしわかった。また跡をつけた時は、なんの用か問い詰めてやろう」

早水の言葉に、雉右衛門が心配そうな顔を向ける。

「お強いお二人にかかれば辻斬りなんざ終わりですが、くれぐれも、お気をつけくださいね」

「安心しろ。次からは油断せぬ」

真面目な顔でそう答えた早水に、雉右衛門が問う。

「お二人は、何を祈願されたのです。やっぱり、火の厄払《やくばら》いですか」

早水は笑みを浮かべた。

「いかにもそのとおりだ。信心深い殿の名代《みょうだい》として参詣《さんけい》した。あの八幡社は火の厄払いだけでなく、あらゆる厄災《やくさい》から守ってくださると聞く。町の治安を守るおぬしたちも、一度祈願するとよい」

「そういうことなら、是非とも行きやす」

大迫が応える。

「その気になったのなら善は急げだ。今から我らと行くか」

「そうしたいところですが、あっしらはまだ、新見様と夜廻りが残ってまして」

「今日はどのあたりを回るのだ」

「金杉一帯で商売をする商家の旦那衆が寄り合いをすると言いますんで、海辺を中心に警戒します」

「八幡社には遠いな。案内しようと思ったのだが」

「赤穂藩のお方に案内をしてもらうだなんて、とんでもねえ。明日の朝、みんなで行かせていただきやす。ねえ、新見の旦那」

「うむ、行こう」

「そうか。では、我らも役目を果たしに行くとしよう」

大迫はそう言って早水を促し、店から出ていった。

雉右衛門が左近に言う。

「やっぱり思ったとおり、厄除《やくよ》けだったようですね。跡をつけていた侍は、ほんとうに仕官が望みだったんでしょうか」

「そうだとよいが」

案ずる左近だったが、雉右衛門と勝太郎と共に夜廻りに出た。

金杉橋を渡った袂《たもと》を海側に曲がり、町中の道を突き当たった。堀を挟んだ向こうにある長い土塀は、陸奥会津藩《むつあいづはん》の下屋敷だ。

このあたりは人通りがないのだが、近くに旨い料理を食べさせる旅籠がある。町の旦那衆は、昼から集まり、夜は用心棒を雇ってまで、月に一度の話し合いをしているのだ。

雉右衛門が言う。

「夕方には話し合いを終えて、今頃は宴《えん》たけなわですよ。泊まる者がほとんどだと言いますが、集めた会費を預かる者は、旅籠は不用心だと嫌って、用心棒を雇ってまで金蔵がある店に帰るらしいので、下手人が耳にしていたら、きっと狙いに来ますよ。旦那、くれぐれも用心して行きやしょう」

「わかった」

左近は、道が暗いのが気になり、ちょうちんを持っている勝太郎に路地を照らさせると、曲者《くせもの》が潜んでいないか確かめながら、旅籠に向かった。

旅籠の前は明るく、道までにぎやかな声が聞こえていた。会津藩の広大な敷地の中にある建物には届かぬと知っていて、遠慮はないようだ。

旅籠の外に人はおらず、曲者が待ち伏せする場所は数多くある。

「この道は、危ないな」

左近が言うと、雉右衛門親子が表情を引き締めてうなずいた。

雉右衛門が訊く。

「どうしやすか。終わって出てくるのを待ちますか」

「まだ終わりそうにないゆえ、辻斬りが潜んでおらぬか、周囲をひと回りしてみよう」

「承知しやした」

「その前に、明かりを増やしたほうがよい。旅籠で借りてはどうか」

「行ってまいります」

勝太郎が雉右衛門にちょうちんを渡して旅籠に行き、程なく二つ借りて戻ってきた。

浜心《はましん》の文字が入ったちょうちんは大型で、持ってきた物より断然明るい。

「こいつは上等なやつだ」

喜んだ雉右衛門が、小さくて軽いのを左近に持たせ、浜心のちょうちんを使って勝太郎と二人で、前を明るく照らした。

旅籠の前を通り過ぎて向かった先は、会津藩邸の土塀が終わり、暗い海辺の空き地が広がっている。

勝太郎が道の端まで行き、空き地を照らして見る。

何もないと言って戻ろうとした勝太郎の腕をつかんだ左近は、強く引っ張り寄せた。その刹那、勝太郎の背中を狙って打ち下ろされた刀が空を切る。

曲者は、勝太郎が照らした空き地の海側にある、岩陰に隠れていたのだ。

守って下がった左近は、雉右衛門と勝太郎を家の壁際まで下がらせ、曲者にちょうちんを向ける。

しころ頭巾《ずきん》を着けた曲者は、踏込袴《ふんごみばかま》と鉄砲袖《てっぽうそで》の着物を着け、その色合いは、闇に溶け込む物。

左近は左手で宝刀安綱の鯉口《こいぐち》を切り、ちょうちんを前に投げ捨てて曲者に問う。

「辻斬りは、そのほうの仕業《しわざ》か」

「人を呼んできます！」

勝太郎が大声で言った。

左近が待てと声をあげた刹那、曲者が無言で迫る。

左近は、袈裟懸《けさが》けに打ち下ろされる一刀を、安綱を抜いて弾き返すと、下がる曲者に切っ先を向けて出る。

勝太郎の悲鳴がしたのは、その時だ。

左近が曲者に安綱を向けたまま見ると、道に落ちた浜心のちょうちんが燃えていた。もう一人現れた覆面頭巾の曲者が、壁に背中をつけて尻餅《しりもち》をついている勝太郎に刀を向けている。

人を呼びに走ったばかりの勝太郎の目の前に現れた曲者が、蹴り倒していたのだ。

「勝太郎」

叫んだ雉右衛門が助けに行こうとしたが、曲者が怒鳴った。

「動くな！　そこの浪人。刀を捨てろ。こいつを殺すぞ」

左近は、前に出ようとしたしころ頭巾の曲者を安綱で威嚇《いかく》したものの、下がって地面に安綱を置いた。

しころ頭巾の曲者は左近を睨んだまま、近づこうとはせずに言う。

「脇差もだ」

左近は、離れて守っているはずの小五郎が出るとわかっているだけに、言われたとおりに脇差を帯から抜き、ゆっくり置いた。

左近が思ったとおり、勝太郎に刀を向ける曲者の背後から、黒い人影が迫った。

足音に気づいた曲者が振り向いた刹那、黒い人影が気合をかけて刀を打ち下ろす。

右肩を峰打《みねう》ちされた曲者は、一撃で昏倒《こんとう》した。

気合も太刀筋も、小五郎のものではない。

助けに入ったのは、左近が怪しんでいた、例の侍だったのだ。

「おのれ！」

しころ頭巾の曲者が、左近に斬りかかってきた。

身を引いて避けた左近は、追って横に一閃《いっせん》された切っ先も下がってかわし、空振りをした隙を突いて間合いに飛び込み、刀を振るおうとする曲者の手首をつかんで顔面に肘鉄《ひじてつ》を食らわせた。

呻いて下がる曲者。

左近は安綱を取って正眼《せいがん》に構えた。そして、怒りをぶつけて斬りかかる曲者より先に、幹竹割《からたけわ》りに打ち下ろす。

袈裟懸けを空振りした曲者は、右肩を峰打ちした左近を見たものの、刀を落として悶絶《もんぜつ》した。

勝太郎は、倒れている曲者の頭巾を剝《は》ぎ取った。

雉右衛門がちょうちんで顔を照らし、見知らぬ男だと口にする。続いて、左近が倒した曲者を調べたが、こちらも初めて見る顔だと言った。

勝太郎を助けた侍はこちらを見ずに、先ほどから、東海道に向かうほうの暗い道を睨んでいる。

左近がどうしたのか問おうとした時、侍は、二、三歩足を運んで声を発した。

「隠れておらずに、出てこい」

雉右衛門が驚き、ちょうちんを向けた。すると、家と家のあいだから二人の侍が出てきた。

「あれ、火の見廻りは、この町でしたか」

「誰かと思えば、雉右衛門か」

応えた大迫にうなずいた雉右衛門が、侍に告げる。

「安心してください。お侍もご存じの、赤穂藩のお二人です」

「ほう、赤穂藩のな」侍は、二人を見た。「貴殿ら、名はなんと申す」

「早水藤左衛門だ」

「大迫仲六と申す」

二人が堂々と名乗ると、侍は納得するどころか、刀を向けた。

「それがしは、赤穂藩馬廻役《うままわりやく》の奥田孫太夫《おくだまごだゆう》であるが、早水藤左衛門はそのほうとは似ても似つかぬ顔をしておる。また大迫仲六などという者は、赤穂藩にはおらぬ。そのほうら、今横行しておる辻斬りであろう。この奥田孫太夫が、化けの皮を剝いでくれる」

目を見張った二人は、表情を一変させ、邪悪な笑みを浮かべる。

「本物に出てこられたのでは仕方がない」

早水が言い、大迫と共に抜刀した。

「に、にせ、偽者《にせもの》だと！」

動転《どうてん》してやっと声を発した雉右衛門に、奥田孫太夫が落ち着いた声で言う。

「下がっておれ」

雉右衛門が慌てて下がると、大迫が奥田孫太夫に斬りかかってきた。

「えい！」

「おう！」

奥田孫太夫は直心影流の達人だ。大迫の一刀を受け流し、即座に太腿《ふともも》を峰打ちする。

顔を歪《ゆが》めて間合いを空けようとした大迫だったが、二段打ちに額《ひたい》を打たれ、白目をむいて昏倒した。

「てやあ！」

気合をかけたのは早水だ。

刀の切っ先を孫太夫の顎《あご》に向けて素早く迫り、鋭く突くと見せかけて足を払ってきた。

跳んでかわした孫太夫だが、早水は袈裟懸けに打ち下ろす。

孫太夫は受け止めたものの、体当たりを食らって飛ばされた。

早水は、険しい顔で正眼に構える。

まったく隙はなく、左近はかなりの遣い手と見た。

孫太夫が八双の構えで応じると、早水は気合をかけ、猛然と出た。

打ち下ろされる一刀を受ける孫太夫だが、早水は攻撃が防御に勝《まさ》るとばかりに、立て続けに刀を打ち下ろしてくる。

肩、胴、頭をめがけて激しく振るわれる攻撃に、孫太夫は防戦一方だ。

下がりつつ、すべての攻撃を刀で受けていた孫太夫だったが、草鞋《わらじ》の緒《お》が切れてしまい足が滑った。

その一瞬の隙を逃さぬ早水は刀を打ち下ろしたが、弾き上げられ、目を見張って下がる。

刀を弾き上げたのは、左近だ。

孫太夫を背に守って立った左近は、安綱を下段に下ろし、刀身の腹を相手に向ける。

左近の凄まじい剣気に怯《ひる》まぬ早水は、

「やあ！」

気合をかけ、一足飛びに迫った。

左近も前に出る。

刀を打ち下ろした早水は空振りし、安綱で胴を峰打ちした左近は、背後の早水を見もせず、鞘に納めた。

ぐらりとよろけた早水は刀を落とし、両手で腹を抱えて横向きに倒れた。息ができず苦しんでいたが、間もなく気絶した。

雉右衛門と勝太郎が、狐《きつね》につままれたような顔で左近を見ている。

孫太夫が左近に言う。

「お見事。相当な腕前だが、おぬし、どこで剣を身につけた」

「今は亡き師に、仕込まれた」

葵一刀流とは言わず、師の名も伏せると、孫太夫は深く問わず、左近の剣の腕を褒《ほ》めた。

「貴殿ほどの腕を持つ者を浪人にしておくのはもったいない。剣の腕を買われた堀部安兵衛のように、赤穂藩に仕官せぬか」

思わぬ誘いに左近は驚いたが、笑みを浮かべながら首を横に振る。

「せっかくのお誘いですが、今の暮らしを好んでおるゆえ、仕官をする気はござらぬ」

「まあ、そう答えを焦りなさるな。ところで、このけしからぬ者どもは、どうされる」

雉右衛門が口を挟む。

「ほんとうに、赤穂藩のお方じゃないので？」

「言ったとおり、偽者だ」

奥田孫太夫は、泉岳寺に参詣した折に二人の噂《うわさ》を耳にし、赤穂藩の名を騙《かた》られるのを恥《はじ》とし、密かに捕らえて、藩邸に連れ帰ろうとしていたという。

「とんでもねぇ野郎どもだ」

怒る雉右衛門に、左近が言う。

「この者たちは、明らかに待ち伏せをしていた。辻斬りの見廻りをする我らを、邪魔に思うての襲撃ではないか」

雉右衛門が驚愕《きょうがく》した。

「そうだ。そうに違いない。煮売り屋でここに来ると知って、待ち伏せしたんです」

「厳しく調べれば、白状するだろう」

「わかりやした。自身番に連れていきます」

勝太郎が自身番に走って人を連れて戻ってくるのを待つ左近は、先に藩邸に帰る孫太夫を見送った。

足を止めた孫太夫が言う。

「新見殿、またお会いいたそう」

左近は笑顔で応じた。これが、波乱の生涯を歩む赤穂藩士との出会いなのだが、今の左近が知るはずもない。

翌日、小五郎の店に来た雉右衛門が、早水藤左衛門は本名だったと言い、赤穂藩士に間違えられて、手厚いもてなしを受けたのに味をしめ、赤穂藩士を騙って隠《かく》れ蓑《みの》にし、物取りを重ねていたと伝えた。

すべての悪事を白状したと聞いた左近は、辻斬りをしていた者たちが捕らえられ、町に安寧《あんねい》が戻ったことに安堵し、西ノ丸に帰った。


その数日後、鉄砲洲の藩邸にいた奥田孫太夫は、城から戻った藩主の浅野内匠頭に呼ばれて表御殿に上がり、内匠頭の居室に入った。

向き合って座した内匠頭が、面《おもて》を上げさせて問う。

「孫太夫、そなた、西ノ丸様にお目にかかったのか」

孫太夫はなんのことかわからず、否定すると、内匠頭は上機嫌で続ける。

「そなたを名指しで、よい家来を持っておると褒められたゆえ、お目にかかったものと思うて聞いていたが、違うのか」

左近が綱豊とは思いもしない孫太夫は、首をひねるばかりだ。

内匠頭が笑って言う。

「まあよい。先日そなたが、町の者どもと辻斬りを捕らえた噂を聞かれたのであろう。ともあれ、西ノ丸様に直《じか》にお褒めいただき、余は鼻が高かったぞ」

「もったいないお言葉にございます」

「謙遜《けんそん》せずともよい。孫太夫、これからも励め」

孫太夫は居住まいを正す。

「よい家来と申せば、殿に是非とも、お目にかけたい浪人がおります。剣の腕は、それがしを凌《しの》ぐ遣い手。また人格も申し分なく、藩にとって貴重な存在となりましょう」

左近を家来にと進言するも、大火を機に倹約を進めている内匠頭は、渋い顔をした。

「そのような者は安く召し抱えられぬゆえ、今はよい」

「今は、とおっしゃいましたな」

孫太夫が含んだ笑みを浮かべると、内匠頭は笑った。

第四話　八幡《はちまん》の頭《かしら》

一

辻斬《つじぎ》りを重ねて人から金を奪っていた咎《とが》で、浪人の早水藤左衛門と大迫伸六とその一味、計四人が磔《はりつけ》の刑に処されたのは、捕らえられてひと月後だった。

大火事の復興と町の防犯により町奉行所の手が回らず、公儀から四人の処罰を託されたのは、千五百石の旗本で、次期北町奉行《きたまちぶぎょう》と目《もく》されている高藤主水介《たかとうもんどのすけ》だった。

今年の春まで下田奉行《しもだぶぎょう》をしており、折よく今は、江戸で一旦無役の身。そして、四谷《よつや》にある本宅の他にも、芝松本町《しばまつもとちょう》に別邸を持っているというので白羽の矢が立った。特例として北町奉行の補佐役を命じたのは柳沢保明だ。

三十二歳と脂《あぶら》が乗った高藤は、けしからぬ奴らは許せぬ、と張り切り、自身番から芝松本町の屋敷に引き取ると、改めて厳しく取り調べたのちに、鈴ケ森《すずがもり》で処刑の沙汰《さた》を申し渡したのだ。

執行の当日、見物に集まった町の者たちの中には、父や夫を殺された遺族もいた。

高藤は一味の者に、遺族たちに詫《わ》びるよう促《うなが》したが、誰一人応じぬどころか、早水などは薄笑いさえ浮かべた。

そこで高藤は、竹矢来《たけやらい》にしがみつくようにして恨《うら》み言《ごと》を叫んでいる遺族に向かって、

「これより無念を晴らすゆえ、よう見ておれ」

こう叫び、磔にしたのだ。

それからわずか十日後。

「夜道が物騒じゃなくなってよかった」

独りごちながら歩いていた商家のあるじの前に、編笠《あみがさ》を着けた男が現れた刹《せつ》那《な》、抜く手も見せず刀を打ち下ろした。

雷《かみなり》にでも打たれたように身体を硬直させたあるじは、頭から血を噴き出し、呻《うめ》き声もなく仰向《あおむ》けに倒れた。

男は、目を開いたまま身体が痙攣《けいれん》しているあるじの手から巾着《きんちゃく》を奪い、懐《ふところ》を

探って銭入れを取り出すと、足早に立ち去った。

この日、夕方から自身番に詰めていた雉右衛門と勝太郎は、商人が辻斬りに斬殺されたのをまだ知らず、のんびりしていた。

遅れて来た八郎が、どてらの襟《えり》を引き合わせて背中を丸め、顔を歪《ゆが》める。

「寒いと思っていたら、とうとう降ってきた」

「ええ！」

驚いた勝太郎が外障子を開けると、小雪がちらついている。

雉右衛門が、熱い茶を八郎に出してやりながら、勝太郎に言う。

「そんなに驚くことはねぇだろう。師走《しわす》だから雪ぐらい降るさ」

「そうだけど、おとっつぁん、おれは寒いのが苦手なんだよ」

雉右衛門は笑った。

「心配するな。辻斬りが処罰されて町に平穏が戻ったからよ、見廻りにも出なくていいんだ。温かくしてろ」

八郎が茶をすすって、ほっと息をつきながら口にする。

「こういう寒い日は、茶じゃなくて熱い酒《の》をくいっとやりたいな」

勝太郎が乗った。

「見廻りをしなくていいんだから、一杯ずつひっかけますか。小五郎さんの煮物を肴《さかな》にどうです、今から買ってきますよ」

雉右衛門がにんまりとした。

「いいこと言うな。八郎さん、やりますか」

すると八郎が、湯呑《ゆの》みを置いて真面目な顔で言う。

「おれが言ったのは家での話だ。自身番で酒を飲むと、決まって何か起きやがるからやめておけ」

勝太郎が驚いた。

「ほんとうですか」

「おう。自身番に長く勤めているおれが言うんだから間違いない。辻斬りが罰せられて気がゆるむのもわかるが、ここで酒はだめだ」

表の腰高障子《こしだかしようじ》が荒々しく開けられたのは、その時だ。

血相を変えた若者が土間に転がり込み、外を指差して訴えた。

「人が、死んでいます」

「なんだと！」

雉右衛門が上《あ》がり框《かまち》に行き、草鞋《わらじ》を履きながら問う。

「身投げか。それとも首吊りか」

若者は首を激しく横に振る。

「裏路地で倒れていますから、誰かに襲われたんじゃないでしょうか」

「だから言わんこっちゃねえ」

八郎が腰を上げながらつぶやき、若者に案内しろと言った。

勝太郎はいやそうな顔をして、

「まだ酒は飲んでないじゃないですか」

言いながら、骸《むくろ》を運ぶ道具を抱えて外へ出た。

町の若者が案内したのは、川の対岸に芝新同朋町《しばしんどうぼうちよう》を望む、明かりがない場所だ。川沿いの細い路地を通って家に帰ろうとしていた時に見つけたという骸は、川のそばで仰向けに倒れていた。

騒ぎを聞いて集まった野次馬をどかせた雉右衛門は、骸の顔を見て驚いた。

「糊屋《のりや》のあるじじゃないか」

近くで糊屋を営むあるじは、まだ二十代の若者ながら、商売を繁盛《はんじよう》させ、小銭を貯め込んでいるという噂《うわさ》がある。

どこかに行こうとしていたのか、それとも帰りか、そばにちょうちんの燃えかすがあり、暗くなってから殺《や》られたようだ。傷は額《ひたい》に一太刀《ひとたち》。熟《う》れたざくろのように割れており、騒ぎを聞いて来たばかりの町の女が悲鳴をあげた。

「勝太郎、みんなを下がらせろ」

命じた雉右衛門が、八郎に言う。

「まだ仲間がいたんでしょうか」

「それとも、新手かだ。岡っ引きの親分は八丁堀《はっちょうぼり》の旦那を手伝いに行かれたままだから、高藤様にお知らせしよう」

応じた雉右衛門が、勝太郎を芝松本町の屋敷まで走らせた。

次々と見物に集まる町の衆に、雉右衛門は問う。

「誰か、怪《あや》しい者を見ていないか」

見たという答えは返らず、

「雉右衛門さん、辻斬りの仕業《しわざ》なのかい」

商家の手代《てだい》から、心配そうに訊《き》かれた。

「まだわからねえが、下手人《げしゅにん》が捕まるまで、人が少ない道を歩く時は気をつけてくれ」

　そう言い聞かせながら待っていると、勝太郎が戻ってきた。

　知らせを受けて駆けつけたのは、高藤の配下の与力《よりき》だ。

　陣笠《じんがさ》、火事羽織《かじばおり》、野袴《のばかま》の出で立《いた》ちで厳しい顔をしている与力は、早水たちを引き取りに来た者だ。

　その時からの顔馴染《かおなじ》みだった雉右衛門は、与力に頭を下げた。

「芦谷《あしや》様、お手間を取らせます」

　芦谷は険しい顔でうなずき、骸を見て言う。

「一太刀か」

「へい。背中を見ましたが、傷は頭だけです」

「持ち物は」

「何もありません」

　芦谷は舌打ちをした。

「殿は四谷の本宅におられるゆえ、戻ってご報告する。糊屋と聞いたが、家の者から話を聞きたい。案内を頼む」

「承知しました」

雉右衛門が応じると、芦谷は配下に命じて、骸を運ばせた。

殺された若者の店は、路地を抜けた先の表通りにあり、両親と、年老《お》いた番頭、手代が二人いた。だが、すでに店を閉めていたため騒ぎを知らなかった。母親は、息子の変わり果てた姿に驚くあまり気を失い、父親は、だから言ったんだ、と悔しがった。

芦谷が訊けば、息子は、夫と死別した年上の子持ち女と恋仲になり、反対する親の言葉に耳を貸さず、毎晩泊まりに行っていたという。

だが番頭が否定した。

「今日は違います。旦那様は、風邪《かぜ》気味のわたしにかわって、お得意様に年末の代金を受け取りに行ってくださったのです。お戻りが遅いので、おなごの家に寄られたのだと思っていました」

すると、気を失った母親を介抱《かいほう》していた手代が、雉右衛門に言った。

「旦那様が倒れられていた場所は、おなごの家の近くですから、行く途中だったのかもしれません」

芦谷が番頭に問う。

「代金を受け取りに行った先は」

「一軒ではなく、三軒です。いずれも建具屋《たてぐや》です」

「ではどこかで見られて、狙われたに違いないが、一応、おなごからも話を聞いておこう」

芦谷は手代に案内させた。

幼子《おさなご》を抱えたおなごは、好いた男の死を知ってひどく悲しみ、近所の同情を集めた。

糊屋のあるじは親の反対を押して、師走の忙しさが落ち着く頃には、母子を家に迎える約束をしていたのだ。

そんな相手を殺すはずはない。

もらい泣きをした雉右衛門が芦谷にそう訴えると、芦谷も目を赤くして、わかっているとうなずき、高藤に報告すると言って帰った。

二

自分の居室で腹心から報告を聞いた高藤主水介は、中庭を挟んだ向かいの部屋で縫い物をしている新妻《にいづま》にちらりと目をやってから、芦谷に言う。

「殺された者は、さぞ、無念であろう。下手人は、早水らを真似《まね》たに違いない。

二度と愚《おろ》かな真似をさせてはならぬ。わしも別邸へまいる」

高藤は新妻のもとへ行き、役目ゆえしばし戻らぬと告げ、広間に家来を集めた。

「よいか者ども、わしが北町奉行になるためにも、次の犠牲者を出してはならぬ。糊屋が殺された周辺をもう一度洗うところからはじめ、町の警戒を怠《おこた》ってはならぬ。こころしてかかれ」

こう述べ、正月までには捕らえるという強い決意をもって、屋敷を出た。

芝松本町の屋敷に入った翌日からは、公儀が回してくれた者たちを従えて探索をはじめた高藤だったが、下手人を見たという者は見つからなかった。そこで、四人を一隊とした見廻り組を十組作り、昼も夜も町中の人通りが少ない場所を回らせ、警戒を強めた。

「よいか、少なくとも我らの受け持ちでは、二度と辻斬りの犠牲を出してはならぬ。下手人は剣の遣《つか》い手《て》だ。ゆめゆめ油断せぬように」

下知《げち》する高藤の気迫は、町の者たちにも伝わり、自身番に詰める雉右衛門たちも、警戒を強めた。

そんな高藤の動きを見極めた六人の怪しい者たちが、四谷に集まり、夜を待っていた。

そして、夜中になると暗い道を走り、向かった先は、手薄となっている高藤の本宅だ。

小者に扮《ふん》している一人が門に走り、戸をたたいた。

中からした門番の声に、曲者《くせもの》が言う。

「あっしは芝金杉の自身番に詰める雉右衛門と申します。こちらの殿様から言伝《ことづて》でございます」

すぐに脇門が開き、門番が顔を出した。

「言伝は、奥方様にか」

「へい」

「では待て、ご用人をお呼び……」

いきなり口を塞《ふさ》がれた門番は抗《あらが》おうとしたが、刃物で喉《のど》を裂かれた。苦しみの声さえ出せぬ門番はその場に倒れ、程なく動かなくなった。暗闇から染み出るように現れた四人の曲者が、門番を踏みつけて中に入り、小者に扮した仲間は、骸を引き入れて脇門を閉める前に、外に向かって声をかける。

「主水介が戻れば知らせろ」

見張りを残して閉められた門前は、何ごともなかったかのように、静けさに包まれる。

本宅に踏み込んだ曲者は、蠟燭《ろうそく》に火をつけて各部屋を検《あらた》め、家の者を見つければ容赦《ようしゃ》なく斬殺して回った。

あるじ主水介をはじめ、主要な者が出払っている高藤家が制圧されるまで、半《はん》刻《とき》(約一時間)もかからなかった。

年老いた用人は、奥に走って奥方を守ろうとしたが、追ってきた曲者にあえなく斬り殺されてしまい、残ったのは、女ばかりだった。

高藤の新妻は、侍女が守ろうとしたが引き離され、三人に連れていかれた。

侍女の叫び声を聞いた新妻は、二人の曲者を睨《にら》み、懐 刀《ふところがたな》を抜いて喉を突こうとした。だが、か細い手首をつかまれ、あっさり奪われた。

懐刀を捨てた曲者は、新妻の腹を拳《こぶし》で突き、猿ぐつわを嚙《か》ませた。

怯《おび》える新妻の頰《ほお》に指で触れると、いきなり寝間着の襟をつかんで開き、押し倒した。

四谷の屋敷に出入りしている豆腐屋が配達に来たのは、空が明るくなりはじめした。

た。

そう声をかけて木戸を開けて入ったものの、程なく悲鳴をあげ、這《は》って出てきた。

「勝手に入りますよ」

いつもは元気に出てくるはずの下女が応答しないのを不審に思った豆腐屋は、裏の木戸から声をかけたが、返事がない。

た頃だった。


急報を聞いた芦谷から知らされた高藤は、血相を変えて四谷に走った。

屋敷に戻った高藤は、留守番をしていた家来たちの骸を見ても、

「おれは信じぬ！」

芦谷にそう叫び、奥の部屋へ急いだ。だが、無惨《むざん》な姿になった新妻を見つけて、廊下で腰を抜かした。

芦谷が駆け寄ろうとしたが、

「来るな！」

叫んだ高藤は、這って部屋に入った。新妻に羽織をかけてやり、冷たくなった身体を抱いてむせび泣いた。

侍女たちの無惨な姿を目にしていた芦谷は、奥方に何が起きたか察して近寄ら

ず、あるじの泣く声を、拳をにぎりしめて聞いた。

三

新見左近が高藤家の悲報を聞いたのは、元禄十一年も残すところ三日の午後だった。

師走になって城の行事と藩政に追われていた左近は、市中に出られず、雉右衛門から話を聞いた小五郎が知らせに来て、初めて知ったのだ。

左近は、厳しい顔で訊く。

「奥方を狙っての所業か」

小五郎はうなずいた。

「手薄となったところを狙われており、辻斬りも一度きりでその後は起きていないようです。雉右衛門たちは、早水とその一味を磔にした高藤殿を恨んでの、仕返しではないかと思っているようです」

「小五郎はどう見る」

「それがしも、仲間の仕返しと睨んでおります」

「雉右衛門は、恐れていないか」

「はい。高藤殿を気の毒がっておりましたが、恐れているようには見えませぬ」

赤穂藩の名を出さぬようにとの柳沢の計らいで、早水らを捕らえたのは高藤だと、江戸中にお触れが回ったことが、こたびの悲劇を招いたに違いなかった。

左近の名もいっさい出ていなかったが、高藤のことを思うと胸が痛んだ。

共に聞いていた又兵衛が、左近の気持ちを察したように言う。

「殿は気に病《や》むことはありませぬぞ。高藤殿は、世間を騒がせた早水とその一味を捕らえた功名《こうみよう》で、北町奉行への道を揺るぎないものとして満足しておったのですから」

「そうは申してもな……」

又兵衛は、左近にその先を言わせぬ。

「奥方のことは、確かにむごすぎます。幼馴染《おさななじ》みの二人は互いに想い合い、高藤殿が下田から江戸に帰参《きさん》して、やっと夫婦になれたのですから」

夫婦になってまだ二月《ふたつき》足らずと聞いた左近は、小五郎に高藤の様子を訊いた。

すると小五郎は、珍しく感情を表に出し、暗い面持《おもも》ちで答える。

「雉右衛門が申しますには、高藤殿は奥方の仇《かたき》を取るべく躍起《やっき》になり、怪しいと睨んだ者は片っ端から捕らえて、厳しく調べているそうです」

左近は、案じずにはいられない。

「賊はどこかで見ているはずだ。高藤を止めなければ危ないが、柳沢は知っているのか」

小五郎は言う。

「確かめましたところ、ご公儀は高藤殿のやり方を支持しているようです」

又兵衛が眉間《みけん》に皺《しわ》を寄せながら口にする。

「柳沢殿の肝煎《きもい》りですからな。誰もが、同情しておるのでしょう」

小五郎が反論する。

「町で静かに暮らしていた浪人が主に捕らえられ、かなり痛めつけられているようですから、やりすぎだという声もあるようです。雉右衛門は、顔見知りの者も捕らえられてまだ戻っておらぬそうで、心配しておりました」

左近は、特に高藤を案じた。

「やり方が荒すぎる。噂で聞いていた高藤らしくないのが気になる。己を見失わなければよいが、助けようにも、今は動けぬ。小五郎、気にかけてやってくれ」

「承知しました」

小五郎を下がらせた左近は、西ノ丸から高藤を案じるしかなく、落ち着かぬ日を過ごした。

四

年が明けても、妻を殺した下手人を見つけられなかった。

その悔しさと、屋敷を手薄にしてしまった後悔が高藤のこころを次第に蝕《むしば》み、酒に逃げるようになっていた。

今日も探索を芦谷にまかせて、明るいうちから開発真っ最中の内藤新宿《ないとうしんじゅく》の盛り場に来ていた高藤は、妻恋しさにおなごを買うような真似はいっさいせず、ただ、酒に酔い潰れるのだった。

旅の客を相手に商売をする店の女将《おかみ》は、高藤が公儀の者とは知る由《よし》もないのだが、

「どこか寂しそうで、女心をくすぐるいい男」

毎日のように来て一人寡黙《かもく》に飲み、ふらふらになって帰る姿を見ては、店の者にそう言っていた。

男の扱いに慣れている女将に目をつけられた男は、蜘蛛《くも》の巣にかかった虫のごとく搦《から》め捕《と》られる。

泥酔《でいすい》していた高藤は、色気のある女将にすすめられるまま酒を飲み、夜中になって、隣で白い肌を露《あら》わに眠る女将に気づいて目を見張り、我に返った。逃げようとしたが、女将が離すはずもなく抱きつき、

「お前様は、もうあたしの物だよ」

唇《くちびる》を重ねて、また搦め捕る。

高藤は、されるがままになり、生まれて初めて無断外泊をした。

翌日も、その翌日も屋敷に帰らず女将の家で過ごした高藤は、このまま武家を捨ててもいいとまで思うようになっていた。朝から酒を飲み、一日遊んでいても女将はいやな顔ひとつせず、夜には優しく抱いてくれる。

新妻の死にざまが目に浮かぶたびに、頭がおかしくなりそうになる高藤は、女将に出会って、男の甘えと弱さをさらけ出すのを恥《はじ》と思わなくなった。世の中には、男をだめにする女がいるとは聞いていた高藤であるが、まさに、身を持ち崩したとも言えようか。

昼まで女将と眠り、目をさませばまた酒を飲む。

そんな暮らしが続いたある日、高藤は女将が店を開けると、槌音《つちおと》の響く盛り場に出た。別の店で酒を飲み歩くのが、ここ数日の癖になっているのだ。

新しい店に行こうと決めて歩いていた時、商家のあいだから出てきた若い町女が、高藤を見もせず目の前を歩きはじめた。

無礼とも思わなくなっている高藤は、どの店にするか物色しながら歩いていたのだが、ふと、前を歩く先ほどの女を見た時、思わず、頭を二度見した。

女が髪に挿《さ》している金細工の簪《かんざし》が、自分が妻のために飾り職人に作らせた物と、まったく同じ形だったからだ。

いや、似ているが違うかもしれぬ。そう思い、背後に近づいて女の髪から簪を抜き取った。

「ちょっと、何するのさ」

女が怒ったが、高藤は簪を確かめた。すると、見間違えるはずもない、猫好きの妻のために自ら描いた、猫が寝ている彫り物《ほりもの》は、この世に二つとあるはずもない物だ。

高藤は女をつかみ寄せ、悲鳴をあげて抗うのを黙らせて問う。

「この簪をどこで手に入れた」

「なんだい、いきなり」

「言え！　どこで手に入れた！」

怒鳴り声に周囲が騒然となるのも構わず、高藤は厳しく問い詰めた。

「言いますから、手を離してくださいよう」

怯えて言う女を、高藤は突き離した。

女は、乱れた小袖《こそで》の襟を直そうともせぬまま答えを口にする。

「あたしが働く水茶屋《みずぢゃや》に来た客から、もらった物です」

「どんな男だ」

落ち着きを取り戻した高藤に、女は上目遣《うわめづか》いに言う。

「今日の客になってくださったら、お教えしますよ」

裏で客を取るのを生業《なりわい》にするほうの水茶屋だと悟《さと》った高藤は、妻の仇を知るために、女の求めに応じた。

「いいだろう。案内しろ」

喜んだ女は、人目も気にせず高藤の腕にしがみつき、店に連れていった。

「ここです」

裏通りにある店は、高藤の予想に反して、水茶屋にしては立派な店構えだった。

だが、表ではなく、横の路地を入って奥に行くところを見ると、やはり身体を売っているようだ。

招かれるまま戸口から入ると、土間の奥から男が近づいてきた。着流しの帯に脇差を差した男は浪人風だ。

男に女が駆け寄り、小声で何か告げた。すると男は、高藤に笑みを向けた。

「お客でしたか。どうぞ、奥の部屋にお入りください」

用心棒だろうと思った高藤は、女に手を引かれて男の横を通り過ぎようとした刹那、後ろ頭に衝撃が走り、目の前が暗くなった。

ゆっくり目を開けた時に見えたのは、桐《きり》の簞笥《たんす》だ。部屋は明るい。

起きようとして初めて、手が後ろで縛られ、足の自由も奪われているのに気づいた。

思い出したように襲ってきた後頭部の鈍痛《どんつう》に顔を歪めて耐えていると、強い力で起こされ、桐の簞笥に背中を当てて座らされた。

男は下がり、女と並んで正座した。

二人とも、神妙な面持ちで見てくる。そして、女が口を開く。

「手荒な真似をしてすみません。どうか、あたしたちを助けてください」

二人は平身低頭《へいしんていとう》した。

高藤は女を見て問う。

「簪を渡したのは、この男か」

女は顔を上げた。

「いえ、この者は弟です。簪をくれたのは、あたしたちを苦しめる、八幡《はちまん》の頭《かしら》です」

高藤は、女の表情を見た。必死に願う面持ちは、嘘《うそ》をついているようには思えぬ。

「いつ渡された」

「五日前です。町で出会った時に挿していなければ叱《しか》られますから、まさか盗んだ物とは知らず、怖くて使っていました」

「そいつから、何をどう苦しめられている」

すると女は、言うのをためらった。

弟がかわりに答える。

「あなた様の奥方を手籠《てご》めにして殺したのは、八幡の頭です」

高藤は衝撃を顔に出さぬため目を閉じ、気持ちを抑《おさ》えて弟を睨んだ。

「おのれらは、それがしの素性《すじょう》を知ったうえで近づいたな」

女が平伏《へいふく》した。

「手荒な真似をお許しください。ここに来ていただかないと、八幡の頭に知られてしまいますから」

「答えになっておらぬ！」

「弟がこの町で見かけたと言って戻り、三日前から、飲み歩かれるのを見ていました」

「わざとそれがしの前を歩き、簪を見せたのか」

「はい」

高藤は弟を睨んだ。

「おのれは、我が屋敷に押し入った八幡の頭なる者の手下か」

「違います。わたしは、見張りをさせられていただけです」

姉がふたたび平伏して言う。

「あたしのせいなんです。あたしが、あんな男に騙《だま》されたから、弟は悪事を知らずに、お屋敷の外で高藤様のお帰りを待っていただけなんです」

帰ったら知らせるよう、言いつけられていたという。

「縄で縛っておいて、そのような話を信じろと言われても無理だ」

高藤がそう吐き捨てると、弟が姉に言う。

「おれが言ったとおりだ。このままでは頭に殺される。知られる前に、こいつを殺《や》ってしまおう」

弟が立ち上がって脇差を抜こうとするのを、姉が止めた。そして、高藤に言う。

「あの男を殺してくださるなら、縄をお解きします」

「嘘ではあるまいな」

「ほんとうです。どうか助けてください」

涙を浮かべて訴える女に妻の無念を重ねた高藤は、むごい死にざまが目に浮かんだ。その途端、激しい怒りと恨みに支配され、冷静ではいられなくなる。

「妻の仇は、言われなくても必ずこの手で殺す。さっさと縄を解いて、敵の居場所を教えろ」

女が確かめた。

「ほんとうに、殺ってくださるのですか。生かして捕らえたら、仲間にばれて八つ裂きにされます」

「生かしておくものか。おれ一人で殺しに行く」

女と弟は、決心した顔でうなずき合い、高藤を自由にした。

立ち上がった高藤に、弟が両手をつきながら口にする。

「八幡の頭は、表と裏の顔を持っております。三田豊岡町《みたとよおかちょう》の西屋《にしや》という表具屋《ひょうぐや》のあるじ泰造《たいぞう》が、頭です」

高藤は、じろりと弟を見下ろした。

「表具屋だと」

「はい。手代から下働きの女まですべて一味の者です。奴らは、悪事を働いて得た金で、高利貸しをしています。多くの寺に出入りしているのを隠れ蓑《かくれみの》に、仏のような顔をして店にいますが、泣かされている者は数えきれないほどいるのです」

「あるじの泰造が、妻を殺したのか」

「間違いありません。逃げ帰る時に、ご妻女を自分の物にしたと、自慢のように仲間に言うのを確かに聞きました」

高藤は唇を嚙んだ。

「自分の物だと。おのれ、許せぬ。刀を返せ。今すぐ案内しろ！」

女が高藤の刀を持ってきて、差し出しながら言う。

「ここに残るのが恐ろしいから、あたしも一緒にご案内します」

「いいだろう」

高藤は姉弟と外へ出て、空を見上げた。西にあったはずの太陽が東にある。

「おれは、どれほど気を失っていたのだ」

問いに弟が答えた。

「酒に酔ってらっしゃったからか、朝まで」

まったく覚えがない高藤は舌打ちし、空腹も忘れて仇討《あだう》ちに向かう。

三田豊岡町に着き、西屋が見える場所まで案内させた高藤は、姉弟に名を問うた。

姉は香奈《かな》。弟は剣七郎《けんしちろう》と名乗った。

「あとはそれがしが一人でやる。そなたたちは帰れ」

香奈が不安そうな顔をした。

「ほんとうに、お一人で大丈夫ですか。弟は少しばかり剣術を習っていますから、手伝わせます」

「安心しろ。賊など一人で十分だ。顔を見られる前に行け」

「姉さん、行こう」

剣七郎に促されて、香奈は深々と頭を下げ、走り去った。

西屋は、客の出入りが多い。

昼間はあきらめた高藤は、店の近くに飯屋を見つけて入った。

大根の煮物で飯を食べて腹ごしらえをしているうちに、高ぶっていた気持ちが落ち着き、食べ終える頃には冷静さを取り戻した高藤は、箸《はし》を置き、下を向いて考えた。

妻を殺された恨みはあるが、商家に押し入って斬り殺せば、世の中が騒ぐ。そうなれば、妻のことが世間に広まるだろう。

これ以上、妻を辱《はずかし》めるのはよそうと自分に言い聞かせた高藤は、代金を置いて店を出ると、近くの自身番に急いだ。詰めていた町役人に名と身分を明かして芝松本町の屋敷へ走らせ、家来たちを待った。

高藤は、何がはじまるのか不安そうな顔をしている自身番の者に問う。

「この町の西屋に賊が押し入るとの報を受けた。西屋が高利貸しで得た莫大な金を狙っていると聞いたが、そんなに貯め込んでおるのか」

すると町役人は、納得した顔をした。

「西屋ですか。確かに、あくどい商売をしています。泣かされている者は大勢おります」

「では、どちらが悪かわからぬな」

鎌をかけると、町役人は勢いづき、西屋を悪く言う。

聞けば聞くほど、妻のむごい姿が目に浮かぶ高藤は、斬り殺したい衝動を抑えて、町役人には他言無用と命じ、家来たちを待った。

日が暮れてから手勢を連れて駆けつけた芦谷が、高藤を見るなり安堵《あんど》し、落涙した。

「殿、お捜ししておりました。今までどこで、何をされていたのですか」

「話はあとだ。屋敷に押し入った一味を捕らえにまいる」

芦谷は驚いた。

「これまで探索をしておられたのですか」

「何も訊かず、ついてこい」

自身番を出た高藤の動きは迅速《じんそく》だった。

芦谷と手勢二十名を率《ひき》いて町中を走り、すでに店を閉めている西屋の前に到着したところで、皆に命じる。

「中におる者は一人残らず捕らえよ。芦谷は裏から踏み込め。それを合図に表を破る」

「承知」

芦谷は十人の手勢を連れて裏に回った。

家来が表の戸を破る配置について程なく、中が騒がしくなった。聞いた家来が戸を蹴破り、捕り方が踏み込む。

中に子供は一人もおらず、下は十八の男を含め、男女合わせて八人がいた。

香奈と剣七郎から聞いたとおりだと思った高藤は、泰造の声にいっさい耳を貸さず、無表情で捕縛《ほばく》を命じた。

「手前が何をしたとおっしゃるのです」

抗う泰造に、高藤は恨みに満ちた目を向けて言う。

「生きて戻れると思うな」

顔をこわばらせる泰造を殴った高藤は、小者二人を店の見張りに残し、四谷の屋敷へ引きあげた。屋敷に着くなり、芦谷と家来たちに泰造の手下を拷問《ごうもん》するよう命じた高藤は、一人で妻が殺されていた奥の部屋に泰造を引っ張った。そして、恨みを込めた拳で殴り倒し、まだ畳に残る血の染みに、泰造の顔を押しつけた。

「ここでしたことを、忘れたとは言わせぬ」

「し、知りません。いったい、何をおっしゃっているのですか」

「黙れ！　奪った金で高利貸しをしているのはわかっているのだ。手下の早水とその一味を磔にされたのを逆恨《さかうら》みし、おれの妻を殺したのか」

「まったく身に覚えがないことです。ほんとうです」

とぼける泰造を見下ろした高藤は、持っていた木刀で肩を打った。

呻いた泰造が泣き声をあげる。

「お、お助けを、お助けください」

「妻は！　妻はどんな思いで死んでいったか……」

殺された妻の無念を想い、込み上げる感情が抑えられず嗚咽《おえつ》した高藤は、立っていられなくなった。

涙を見せまいとして、背中を向けて両膝《りょうひざ》をついた高藤に目を見張った泰造は、廊下に誰もいないのを見て、後ろ手に縛られたまま立ち上がり、高藤に体当たりして庭に逃げた。

「おのれ！」

高藤は跳び下りて追い、抜刀《ばっとう》して背中に打ち下ろした。だが、怒りに我を見失っているため手元が狂い、泰造の腕を縛っていた縄を切って皮膚を傷つけただけだった。

手が自由になった泰造は、恐怖に悲鳴をあげて逃げた。

追った高藤は、切っ先を向けて泰造の背中にぶつかった。

「ぎゃあああ」

背中を刺された泰造の悲鳴を聞いた家来たちが庭に出てきたが、高藤は下がれと命じ、うつ伏せに倒れている泰造を仰向けにした。

「た、助けて」

声も絶え絶《たえだ》えに懇願《こんがん》する泰造に、高藤は恨みに満ちた目を向け、刀を振り上げて叫んだ。

「妻の仇！」

返り血を浴びた高藤は、刀を捨て、下がらずに見ていた家来に言う。

「手下も首を刎《は》ねよ」

あるじの命に逆らわぬ家来は応じ、拷問をしている芦谷のもとへ走り去った。

座敷に上がった高藤は、位牌《いはい》の前でうずくまり、帰らぬ妻を想いむせび泣いた。

五

翌早朝、泰造と手下どもの骸を罪人のための無縁墓地に運ばせた高藤は、家来に書状を渡して評定所《ひょうじょうしょ》へ走らせた。本来なら指示を待つべきだが、高藤は一刻も早く終わらせたく、芦谷に手勢を集めさせ、半刻後に屋敷を発《た》ち、西屋の財の没収に向かった。

西屋への道中で、芦谷が高藤に訊く。

「当家から奪われた五百両は、取り戻せるのでしょうか。何せ奥方様の墓も建てられぬありさまでございますから、ご公儀に届ける分から差し引きとうございます」

「金のことなど、今は申すな」

高藤は嫌悪を露わに、黙然《もくねん》と西屋に急ぐ。

妻の仇を取り、虚脱感《きょだつかん》が残る気持ちに鞭打《むちう》って動いているのは、前を向こうと己に言い聞かせたからだ。

押し黙ってしまった芦谷に言う。

「今やるべきは、西屋泰造に苦しめられた者たちのため速《すみ》やかに財を没収し、奪われた金を一文でも多く返してやることだ。西屋にある高利貸しの帳簿を精査し、余った分をご公儀に届ける。よいな」

「ははっ」

「賊に金を奪われたのはお家の恥だ。いっさい口にするな」

「承知しました」

西屋に行くと、表にいるはずの小者の姿がなかった。

「あいつら……」

怠《なま》けていると舌打ちをした芦谷が先に走り、潜《くぐ》り戸《ど》を開けて怒鳴った。

「おい、寝ておるのか。殿がまいられたぞ」

起きろ、と大声をあげて入る芦谷に続いて、高藤は潜り戸から入った。慌《あわ》てて出ようとした芦谷とぶつかった時、土間で倒れている小者の姿が見えた。

「殺されております」

芦谷の声に耳を疑った高藤は、どかせて行く。すると、小者二人は斬殺されていた。

頭が真っ白になった高藤は、すぐさま我に返り、芦谷に言う。

「蔵だ。金蔵を調べろ！」

応じた芦谷と蔵を探しに行くと、奥の部屋にある内蔵の扉が開いたままになっていた。中に入って見ると、金目の物を漁《あさ》った形跡があり、床には小銭が落ちていた。あるはずの小判や銀は一枚一粒もない。

家中探しても、結果は同じだった。

仏間にいる時、外で声がした。

「高藤殿はおられるか！」

大声に応じて廊下に出た高藤に、三十代の侍が言う。

「それがしは、目付役の田丸仙四郎《たまるせんしろう》です。西屋を取り押さえたとの知らせを受け、急ぎまいりました。店で小者が死んでおりますが、何があったのです」

「まだわからぬのです。西屋の財を没収しに来たところ、殺されておりました」

すると、田丸は厳しい目をした。

「まさか、西屋の財を奪われたのですか」

「そのようです。小銭しか残っておりませぬ」

「高利貸しの帳簿はありましたか」

「ございます」

口を挟んだ芦谷が、田丸に差し出した。

中を確かめた田丸は、安堵ともため息ともつかぬ息をひとつ吐き、厳しい目を向けた。

「高藤殿、早まりましたな。何ゆえ西屋泰造を取り押さえる仕儀《しぎ》となったのか、詳しくお聞かせくだされ」

高藤は、包み隠さず話した。

すると田丸は、空にされた蔵を検め、高藤に険しい顔で告げる。

「その水茶屋の姉弟を、怪しいとは思われなかったのですか」

言われてようやく、高藤は目がさめた。

「それがしが、騙されたとおっしゃるか」

「確かに、西屋にはよい噂はございませぬ。されど、貴殿の奥方の仇ではありませぬ」

「なぜそう言い切れるのですか」

「それがしの口から詳しくは申せませぬが、西屋は、ある幕閣のお方と深い繫《つな》がりがございます。今はっきり言えるのは、西屋は八幡の頭ではありませぬ」

「そ、そんな馬鹿な」

高藤はよろけた。

芦谷に支えられてやっと立てるほど目まいがした高藤は、田丸を疑わずにいられなくなり、指差した。

「おのれは、まことに目付役か」

田丸は憤慨もせず、冷静に応《こた》える。

「お気持ちはわかりますが、これが証《あかし》です」

懐から出して見せられたのは、高藤が家来に持たせた書状だ。その家来は今、柳沢の指示を待つべく、評定所に控えているという。

納得して黙った高藤に、田丸は厳しい表情で言い放つ。

「西屋のありさまは、これより戻ってご報告します。貴殿は小者の骸を片づけ、沙汰があるまで四谷の屋敷にてお待ちください」

帳簿を持って帰る田丸を呆然《ぼうぜん》と見送った高藤に、芦谷が言う。

「殿、ここは従う他ございませぬ」

言われるまま動いた高藤は、重い足取りで四谷の屋敷に帰っていたのだが、内藤新宿へと続く道で立ち止まり、芦谷に振り向いた。

「柳沢様は厳しいお方だ。見誤り、感情のまま無実の者たちを八人も殺したおれを、許されるはずはない。だが、妻の仇を生かしたまま罰を受けるわけにはいかぬ。許せ」

そう言うと、家来たちを置いて走り去った。

追おうとした配下を、芦谷が止めた。

「屋敷に戻るぞ」

「しかし……」

「言うな。殿のご無念は、我らの無念だ。我らだけで、ご公儀の罰を受けようではないか」

皆に告げた芦谷は、あるじが去った道に向き直って頭を下げ、配下たちを連れて屋敷に戻った。

旅の者たちを押しのけて甲州街道《こうしゅうかいどう》を走った高藤は、内藤新宿に入り、例の水茶屋に駆け込んだ。だが、中には誰もいない。外に出て、右隣の者に訊こうとしたが、前に来た時と同じく閉まっていた。左隣は店ではなくただの家だったが、戸をたたくと、若い男が眠そうな顔をして出てきた。

「隣の姉弟はどこにおる」

「隣に姉弟はおりませんが」

「目をさませ。香奈と剣七郎という、二十代の姉弟だ。隠し立てすると容赦せぬぞ」

高藤に詰め寄られて、若い男は目を白黒させた。

「香奈婆さんと剣七郎爺さんは夫婦ですよ」

「何、婆さんと爺さんだと」

「はい。先月から、箱根に湯治《とうじ》に行っておりますが、二人が何かやったんですか。先に言っときますが、水茶屋はお役人が思われるような妖《あや》しい店ではなく、町の者に旨い茶を飲ませるまっとうな商売をしています」

「まことに、若い姉弟はおらぬのだな」

「はい。子供はいませ……」

はっとして大口を開けた若い男に、高藤は問う。

「どこにおる」

「まさか、爺さんと婆さんが箱根でおっ死《ち》んじまって、若い姿で化けて出たんじゃ」

本気で心配する若者に肩を落とした高藤は、邪魔をしたと礼を言って立ち去った。

騙されたと知った高藤は、怒りに満ちた顔で水茶屋の閉ざされた戸を睨んだ。

「おのれ、逃さぬ」

仇を捜して、宿場としての形を整えつつある内藤新宿を歩き回ったが、この日は見つけられぬまま夜が更《ふ》けた。

屋敷に戻るわけにもいかず、名も知らぬ社《やしろ》に行き、本殿の床下に潜《もぐ》り込んで寒さを凌《しの》いだ。

世話になった女の柔肌《やわはだ》を思い出し、酒を浴びるほど飲みたい気分になったが、ここで弱さに負ければ、妻の仇を討つどころか、人ではなくなってしまう気がして、動かず丸まって寒さに耐えた。

一睡もできぬまま朝を迎えた高藤は、床下から這い出て、剣七郎と香奈を捜し歩いた。だが、一日足を棒にして歩いても二人の影さえ見えなかった。

自分を騙すために、この町に来たに違いない。

そう考えた高藤は、辻斬りが横行していた町のどこかに潜《ひそ》んでいると睨み、そちらを捜すことにした。

六

「話はわかった。これより市中へくだろう」

西ノ丸で柳沢と向き合っていた左近は、困惑した面持ちの又兵衛を横目にそう言い、立ち上がった。

見送る柳沢が言う。

「田丸が申しますには、高藤は昨日の夕方、芝松本町の屋敷に現れたのですが、田丸の顔を見るなり逃げました。今もどこぞで、奥方の仇を捜しているものと思われます」

左近はうなずいた。

「一文も持たぬまま姿を消して今日で五日経《た》つのならば、金を取りに戻ったのかもしれぬ。ともあれ、生きているのがわかった」

自ら捜すと言わぬ柳沢に、又兵衛が苛立《いらだ》ちを隠さず口を出した。

「柳沢様は、人を出されませぬのか」

すると柳沢は、又兵衛を見て応える。

「人を増やせば、高藤がおとなしく出てくると思うか」

「だからというて殿だけでは……」

「又兵衛よい。余《よ》はいつものように動くだけだ。雉右衛門たちに頼めば、高藤も警戒すまい」

「なるほど、おっしゃるとおりかと」

納得した又兵衛だが、すぐに撤回した。

「いやしかし、殿は……」

口を閉ざす又兵衛は、人がよすぎると言いたいのだ。柳沢の言うことなど聞くなと、顔に書いてある。

「高藤には、なんとしても妻の仇を取らせてやりたい」

左近はそう言って奥へ下がり、いつもの着流しに替えて市中へくだった。

小五郎の店をのぞいたが、雉右衛門親子の姿はなかった。

気づいて出てきたかえでを戸口から離し、客に聞こえぬよう手短に伝え、雉右衛門が詰める自身番に向かった。

雉右衛門と勝太郎は自身番に詰めており、

「新見の旦那、いいところに来てくださいました。そろそろ、辻斬りの見廻りに出ようとしてたところです」

喜ぶ雉右衛門に、左近が頼みごとを口にする。

「今日は手を借りに来たのだ。そなたらは、高藤主水介殿の顔を知っているな」

「もちろんですとも」

雉右衛門が指で鼻先を弾《はじ》いて、小皺《こじわ》を寄せて言う。

「奥方のことは、気の毒でなりやせんや。頼みとは、高藤様のことですかい」

「うむ。これから手分けして、高藤殿を捜してほしい。見つけたら声をかけずに、行き先だけを確かめてくれ」

「なんだか罪人を追うみたいですね」

勝太郎がそう言ったが、左近は詳しいことは口にしなかった。

勝太郎が、顔色をうかがう面持ちで訊く。

「旦那、高藤様は、どうされたのです？」

「すまぬが何も訊かず、頼まれてくれ」

「おい勝太郎、旦那の頼みだ。いらぬ詮索《せんさく》をするな」

雉右衛門はすぐさまそう言って息子を引っ張り、さっそく出ようとしたが、左近が止めた。

「打ち合わせをしてからにいたそう」

芝松本町の屋敷を中心に、各々《おのおの》が回る町を決めた。

あとから顔を出した八郎も加わり、高藤を知る町役人と左近を合わせた七人で受け持ちを決め、自身番を出た。

左近が回ったのは、大名屋敷が多い芝松本町ではなく、辻斬りが多く出ていた芝田町の、東海道筋だ。

だが、大勢の旅人が行《ゆ》き交《か》う町で見つけることはできず、暗くなってから自身番に戻った。

八郎と他の三人は戻っており、誰もが見つけられなかったという。

三田方面に行った雉右衛門親子の帰りを待っていると、四半刻《しはんとき》（約三十分）後に、息を切らせた勝太郎が土間に転がり込んで、左近に言う。

「高藤様を、ついさっき見かけました。おとっつぁんが、見張ってます」

茶を飲んでいた八郎が、立ち上がって訊く。

「どこだ」

「三田豊岡町です」

西屋があった町だと思った左近は、勝太郎に言う。

「まだ走れるか」

「はい」

「案内しろ」

水だけ飲ませて自身番を出た左近は、勝太郎と二人で向かった。

案内されたのは案の定、竹矢来で封鎖《ふうさ》された西屋の前だった。

店の前を通り過ぎた勝太郎は、辻灯籠《つじどうろう》の明かりを指差した。

「おとっつぁんです」

左近が見ると、辻灯籠のそばに置かれた長床几《ながしょうぎ》に雉右衛門が座り、腕組みをして難しい顔をしていた。

歩み寄る勝太郎に気づいた雉右衛門が立ち上がり、左近に頭を下げる。

「せっかく来ていただいたのにすいやせん。さっきまで、そこの西屋の周りを歩かれていたのですが、見失ってしまいやした」

「気づかれたのか」

「いえ、何かを見つけたような驚いた顔をされたかと思ったら、急に走っていかれたんで慌ててあとを追ったんですが、見えなくなったんです。川を渡ったあたりは武家屋敷が多いですから、どこかのお屋敷に入られたんじゃないでしょうか」

川向こうと聞いて、左近は思い出した。

「早水と大迫がいた、麻布の八幡社《はちまんしゃ》を覚えているか」

左近の問いに、雉右衛門は不思議そうな顔をした。

「ええ、それが何か」

「高藤殿は、奥方の仇を見つけたのかもしれぬ」

左近は言うなり走った。

川に架かる橋を渡り、高藤の姿を求めて八幡社に向かったが、真っ暗な境内《けいだい》に人の気配はなく、本殿も明かりひとつなく、静まり返っていた。

ちょうちんの蠟燭を新しくした勝太郎が、本殿を照らしながら言う。

「誰もいないようですね」

左近はちょうちんを受け取り、念のため中を調べようとしたが、頑丈そうな鍵が外からかけられ、中を見ることはできない。

横手の建物も同じく鍵がかけられ、夜は誰もいないようだ。

「おれの思い違いだったようだ」

「もう少し、このあたりを捜してみますか」

「暗い夜道で見つけるのは難しい。また明日、頼めるか」

「喜んで」

「煮売り屋で一杯おごらせてくれ」

「ちょうど腹の虫が鳴っていたところです」

勝太郎の言葉に笑った左近は、小五郎の店に帰った。

七

降っていた雪が止《や》んだ。

この三日のあいだ、水だけしか口にしていない高藤は、月代《さかやき》と髭《ひげ》が伸び、道ですれ違う者たちは、汚い物を見るような目を向けてくる。

次の北町奉行は確実だと言われていたのが、夢だったように思える。

目を閉じれば、妻の笑顔ではなく、恨みを残した死に顔しか思い出せぬ。辱められた姿のまま死んだ妻の無念を思えば、胸が押し潰されそうになる。

仇を討たねば、妻が成仏《じょうぶつ》できぬ。

恨みの力で立ち上がった高藤は、一晩寒さを凌いだ物置小屋を出て、新堀川《しんぼりがわ》の土手を上がった。昨日は剣七郎を見失ったが、今日こそは必ず見つけて、正体を暴《あば》いてくれる。

見失った善福寺《ぜんぷくじ》周辺の町を捜したが、剣七郎の姿は見つけられず、それでもあきらめなかった。必ず同じ道を通るはずだと睨んで、昨日見失った稲荷《いなり》の祠《ほこら》まで戻った。

新堀川からの坂を上がった場所にある稲荷の祠の先は、町家があるものの少なく、野原と畑、そして森がある田舎《いなか》だ。

大火を機に、こちらに移される武家が増えるのを公儀の者から耳にしているが、城から遠いゆえ、転居を命じられた者は不満に思うだろう。

ふと、切腹という二文字が頭に浮かんだ高藤は、すべてを奪った剣七郎と香奈の、必死で頼む作り顔を思い出し、拳に力を込めた。

「どこにいる」

つぶやくように吐き捨て、歯を食いしばって道の先を睨んだ高藤は、坂を上がってくる男女を見て目を見張った。すぐさま雪が積もった畑に入り、稲荷の祠の陰に隠れた。遠目で顔ははっきりとは見えなかったが、背格好があの姉弟に似ていたのだ。

稲荷を囲む朱塗《しゅぬ》りの板塀の角から坂をのぞき見ると、坂をのぼる男女は忘れるはずもない、剣七郎と香奈だった。香奈は剣七郎に寄り添って、笑顔で何か言っている。その二人の様子はとても姉弟とは思えず、深い仲であるに違いなかった。

高藤は鯉口《こいぐち》を切り待っていたが、二人は三辻《みつじ》を右に曲がり、善福寺の門前に向かった。後ろを歩いていた錫杖《しゃくじょう》を持った二人の僧侶が、同じ道に曲がってゆく。

「今日こそは逃がさぬ」

高藤は僧侶がいても構わず走った。

「どけ！」

叫び声に驚いた僧侶が、左右に分かれて道を空けた。

高藤は抜刀し、前を歩く男女に迫る。

「剣七郎待てい！」

怒鳴り声に、剣七郎と香奈が振り向き、目を見張って下がった。

剣七郎をかばう香奈が言う。

「なんだよあんた！」

「忘れたとは言わさぬ。高藤主水介だ！」

すると、香奈をどかせた剣七郎が、薄笑いを浮かべた。

「ずいぶん薄汚いなりをしてらっしゃるから、どなたかわかりませんでしたよ」

「誰のせいでこうなったと思うておる！」

高藤は切っ先を向けて問う。

「正直に申せ。剣七郎、おれを騙したのか！」

すると剣七郎は、表情を一変させて悪人面《づら》になり、くつくつ笑った。

「じじいの名で呼ばないでください」

「やはり騙したのだな。おれの妻を殺したのも貴様か！」

「あなたがいけないんですよ。わたしの手下を人前で礫になんかするから、仕返しに、あなたの大事な人に恥をかかせてやりました」

「おのれ！」

「ああ、勘違いしないでください。奥方の息の根を止めたのはわたしですが、寄ってたかって手籠めにしたのは、後ろの連中です」

男が言った刹那、高藤は後ろから襲われた。僧侶と思っていた二人が、錫杖の仕込み刀を抜いて斬りかかったのだ。

一人目の攻撃を刀で受け止めた高藤だったが、背後から迫ってきた二人目に腰を刺された。

呻いて倒れた高藤は、目を見開いた手下が打ち下ろす刀を受け止めた。

激痛に耐えながら必死に刀を押し返そうとしたが、上からのしかかる力に負け、刃《やいば》が眼前に迫る。

歯を食いしばって抗い、横にそらした。転がって逃げたものの、刀をにぎる手首をもう一人の手下に踏まれた。

その手下が、死ねと言い、刀を胸に突き入れんと振り上げた時、空を切って飛んできた小柄《こづか》が腕に刺さり、呻いて下がった。

走ってくる藤色の着流し姿を見た高藤は、意識を失った。

高藤を守って立った左近は、左右に分かれて刀を構える手下を睨み、安綱を抜刀し、峰《みね》に返す。

「殺せ」

男が手下に命じて、女と逃げた。

「野郎逃がすか！」

雉右衛門が追おうとしたが、手下が雉右衛門に向かう。

左近はその者の前を塞ぎ、間合いを詰める。

手下が袈裟《けさ》斬りに打ち下ろす刀を弾いた刹那、肩を打つ。

骨が折れんばかりに打たれた手下は呻いて下がり、二人とも走り去った。

左近は、追おうとした雉右衛門を引きとめる。

「高藤殿の命が先だ。医者を呼んでくれ」

応じた雉右衛門と勝太郎が、騒ぎを聞いて出ていた町の者たちに医者まで案内を頼んだ。

すると町の男たちが商家の板戸をはずし、荷車を引いてきた。一人が言う。

「運んだほうが早いです」

「頼む」

「おいみんな、運ぶぞ」

男のかけ声で、高藤は戸板にうつ伏せに移され、荷車で坂をくだった。

医者は、坂をくだってすぐの辻を左に曲がった先にある寺の離れを間借りしていた。

大怪我《おおけが》をした高藤を見るなり板の間に上げるよう指示し、すぐさま手当てにかかった。

血止めの妙薬があると言い、汗をかきながら懸命に手当てをしてくれた甲斐《かい》があって、高藤は半刻後に意識を取り戻した。

「もう大丈夫じゃ」

医者が高藤の汗を拭《ぬぐ》いながら言い、立とうとしたのを、高藤が止めた。

「先生、かたじけない」

「なんの。今、水を持ってまいる」

「刺された時から、立とうとしても右の足が言うことを聞かなかったのですが、今は、どうなっていますか」

うつ伏せの高藤が身をよじって見ようとしたのを、雉右衛門が肩を押さえて止めた。

「高藤様、まだ動かれちゃいけません」

声がするほうに顔を向けた高藤が、微笑《ほほえ》んだ。

「雉右衛門、おぬしか」

「へい。危ないところを、こちらの新見様がお助けくださいました」

藤色の着物を覚えていると言った高藤は、左近に神妙な面持ちで顎《あご》を引いた。

そして、医者に問う。

「先生、足は動くようになるのか」

医者が厳しい顔で告げる。

「わしは、隠しごとができぬ性分ゆえはっきり申し上げる。右足は、おそらく動かねでしょう」

高藤は眉間に皺を寄せて、両手で顔を覆《おお》った。しばしの間を置いて、声を絞《しぼ》り出す。

「雉右衛門、それがしが相手にしていた者が辻斬り一味だ。奴らはどうなった」

「逃げられやした」

「なぜ追わなかった」

「旦那のお命のほうが大事ですから。すいやせん」

高藤は辛《つら》そうに目を閉じ、覚悟を決めた面持ちで言う。

「すまぬが、新見殿と二人にしてくれ」

雉右衛門は左近を見てきた。

左近がうなずくと、雉右衛門は勝太郎を連れて出ていった。

医者が助手を促し、襖《ふすま》を閉めて足音が遠ざかると、高藤は痛みに耐えて横向きになり、左近へ願いを口にする。

「助けていただいた命ですが、それがしは、ご公儀から切腹を言い渡される身なのです。妻の仇を討てぬのは無念でなりませぬが、この身体では、もはや奴らを追えませぬ。厚かましいのは承知でお頼み申す。どうか、介錯《かいしゃく》をしてくだされ」

高藤は痛みに顔を歪めながら、枕元に置いてある脇差に手を伸ばそうとした。

左近がその手を止め、耳元でささやく。

「早まるな。柳沢から頼まれて、そなたを捜していたのだ」

「柳沢様を呼び捨てにされるあなた様はいったい……」

そこまで言った高藤が、はっと目を見張る。

「まさか、西ノ丸様でいらっしゃいますか」

左近がうなずくと、高藤は痛みをこらえて起きようとした。

「そのまま聞け」

左近は高藤をうつ伏せにさせて続ける。

「西屋泰造は、確かに八幡の頭ではなかったが、民を苦しめて暴利をむさぼる悪人に違いはなかった。柳沢は、かねてより調べさせており、西屋泰造と深い関わりを持っていた幕閣の者もろとも、捕らえて罰するつもりでいたのだ。切腹などあり得ぬ」

「柳沢様は、まんまと賊に騙《はぶ》されたそれがしを、お許しくださるのですか」

「そなたのおかげで手間が省けたと、むしろ喜んでおった」

高藤は歯を食いしばって、涙をこらえた。

「もはやそれがしは、柳沢様のご恩に報《むく》いることができませぬ」

「死ぬな高藤。生きて、そなたをこのような目に遭《あ》わせた者どもに、自ら罰を与えるのだ」

「しかし、この身体では」

「待っておれ。余が、八幡の頭とその一味を捕らえてまいる」

高藤は驚いた。

「奴らの居場所を、ご存じなのですか」

「案ずるな。今頃は、余の家来が隠れ家を突き止めておる。これは預かっておく。よいな」

脇差を取り上げた左近に、高藤は涙を流して言う。

「西ノ丸様のお手をわずらわせ、申しわけございませぬ」

「よい。それより、ひとつ聞いてくれ」

「なんなりと」

「余のことは、雉右衛門たちには内緒だ」

左近はそう言って笑い、部屋から出た。

離れた部屋で待っていた医者と雉右衛門親子に高藤を託した左近は、外に出て、寺の山門《さんもん》に向かった。

柱の向こうから現れた久蔵が駆け寄り、片膝をついて報告する。

「頭が賊を見張ってございます」

「どこだ」

「昨夜殿が怪しまれた八幡社です。土地の者が申しますには、長らく廃社《はいしゃ》になっていたものが、一昨年《おととし》から若い宮司《ぐうじ》が住み着いたようで、浪人者の出入りが多く、気味悪がっていたようです」

「辻斬りの一味が、隠れ家にしておったか」

「江戸から逃げる相談をしているのか、人が集まっています」

左近はうなずき、八幡社へ急いだ。

八

小五郎が見張っているとは知らぬ剣七郎ならぬ八幡の頭は、本殿の横にある根《ね》城《じろ》の一室で己の女を横に座らせ、集まった十人の手下どもと酒を飲んでいた。

酔いが回らぬうちに、手下どもに告げる。

「今日集まってもらったのは、お前さんたちに大事な話があるからだ」

談笑していた手下どもが八幡の頭に向き、静かに聞く。

皆を順に見た八幡の頭は立ち上がって、腰かけていた物を隠していた黒い布を取った。

積まれた千両箱を見た手下たちから、どよめきが起きた。

八幡の頭が言う。

「これまで貯め込んだのと、西屋から奪った分を合わせて八千両ある。高藤の野郎を騙して儲《もう》けたのだ。早水と大迫はこれで、成仏するさ。そこで、江戸にはもう用も未練もねえ。今からこの金を山分けして、ずらかるぞ。一年後に、大坂の隠れ家に集まれ」

「おう!」

手下どもが声を揃《そろ》えたところで、八幡の頭は千両箱の蓋《ふた》を開け、八千両もの大金を山分けしはじめた。

初めに受け取った手下がにやけながら懐に収め、

「それじゃ頭、一年後に」

笑顔で言って下がり、外障子を開けた刹那に額を峰打《みねう》ちされ、仰向けに倒れた。

懐から出た小判が床に落ちる音に振り向いた手下の一人が、藤色の着流し姿に目を見張った。

「お頭、さっきの野郎です」

まだ痛む肩を押さえて叫ぶ手下に、八幡の頭は吐き捨てるように言う。

「浪人野郎一人にがたがたぬかすな。いい気分が興《きよう》ざめだ。とっとと殺れ」

手下どもが刀を取って抜き、庭に下がる左近を追って出てくると、逃げ道を塞いで囲んだ。

左近は安綱を刃に返し、右手に提《さ》げる。

「やあ！」

気合をかけて斬りかかった浪人風の手下だったが、左近は刀を弾き飛ばした。その剛剣に、手下は目を見張って下がり、追わぬ左近の背後から、別の手下が斬りかかった。

幹竹《からたけ》割《わ》りに打ち下ろされる一刀を見もせずかわした左近は、右手を振るってその者の太腿《ふともも》を斬る。

悲鳴をあげて倒れる仲間を見た賊どもが、二人同時に斬りかかってきた。

左近は、左右から打ち下ろされる一撃を安綱で弾き、すれ違いざまに左右に刀を振るって相手の小手を裂いた。

振り向く左近の背後を取った手下が斬りかかろうとしたが、

「うっ」

短く呻いて両膝をつき、突っ伏した。小五郎が屋根から投げた手裏剣が、後ろ首を貫《つらぬ》いたのだ。

宙返りをして飛び降りた小五郎が手下を蹴り飛ばし、左近の背後を守る。

久蔵が配下を連れて現れ、逃げようとした手下どもを一網打尽《いちもうだじん》にした。

座敷で青ざめた顔をしている八幡の頭を見た女が、舌打ちをして裏から逃げようとしたが、かえでが現れ、腹を拳で突く。

呻いた女は、白目をむいて昏倒《こんとう》した。

八幡の頭は刀を抜き、左近に斬りかかった。左近は受け流したが、八幡の頭の太刀筋は、並の遣い手のものではない。

左近は言う。

「高藤が待っておるぞ」

「しゃらくせえ」

八幡の頭は切っ先を向け、猛然と迫ってきた。

突き出される一撃を弾いた左近は、安綱の切っ先を相手の喉に当たる寸前で止めた。

うっ、と目を見張る八幡の頭は、まったく動けぬ。

左近は素早く峰に返した刹那、相手の額を打った。

昏倒した八幡の頭を見下ろした左近は、安綱を鞘《さや》に納《おさ》めた。


後日。

四谷の高藤屋敷の裏庭に、八幡の頭と一味の者が引き出され、地べたに正座させられた。

座敷には、芦谷が厳しい面持ちで座し、罪人どもを見ている。その芦谷の横手の襖が開けられ、杖《つえ》をつき、右足を引きずりながら、高藤が出てきた。

家来に頭を押さえられた八幡の頭だが、下げるものかと叫んで抗った。

跳び下りた芦谷に、棒で腹を突かれてやっと頭を下げた八幡の頭に、高藤は無表情に言い放つ。

「八幡の頭とその手下ども、そのほうらはこれまで、辻斬り、押し込みなど、極悪非道の行為を重ね、江戸を恐怖に陥《おとしい》れた。これに慈悲《じひ》の余地はない。よって、北町奉行の名代《みようだい》として、磔を申しつける」

私怨《しえん》をこらえ、淡々《たんたん》と告げた高藤に、八幡の頭は歯をむき出しにして怒り、家来を突き離して向かおうとしたが、芦谷が棒で足を払い、倒れたところに家来たちが飛びかかって押さえつけた。

高藤は表情を変えずに言う。

「刑は本日、鈴ヶ森で執行する。一同を引っ立てい」

女と共に、命乞《いのちご》いをする手下がいたが、高藤は前を向いたまま耳を貸さぬ。

妻の形見の簪をにぎる右手に力を込め、唇を真一文字に引き結んでいる。

廊下の格子窓《こうしまど》から見ていた左近は、横にいる柳沢に顔を向けた。

「この先、高藤をどうするつもりか」

柳沢は真顔で答える。

「望む道を、歩ませまする」


半月後、高藤が妻と家来たちが眠る寺に出家したと聞いた左近は、生きてくれることに安堵した。西ノ丸の庭に出ていた左近は、香りに誘われて目を向けた。

満開の紅梅《こうばい》が、青空に映《は》えている。

双葉文庫

さ-38-12

新《しん》・浪人若《ろうにんわか》さま 新見左近《にいみさこん》【八】

鬼《おに》のお犬様《いぬさま》

2021年11月14日　第1刷発行

【著者】

佐々木裕一《ささきゆういち》

【発行者】

箕浦克史

【発行所】

株式会社双葉社

〒162-8540 東京都新宿区東五軒町3番28号

［電話］03-5261-4818(営業部)　03-5261-4833(編集部)

www.futabasha.co.jp(双葉社の書籍・コミックが買えます)

【印刷所】

中央精版印刷株式会社

【製本所】

中央精版印刷株式会社

【フォーマット・デザイン】

日下潤一

ISBN978-4-575-67083-7 C0193

Printed in Japan